신비의
남태평양
크루즈
여행

여행자들의 마음을 훔치는 남태평양의 속살을 만나보자

신비의 남태평양 크루즈 여행

송양의 지음

뉴칼레도니아

바누아투

피지

월파출판

프롤로그

시간과 욕망이 멈춘 곳이 있다.

한번쯤은 누구보다 품격 있는 일정까지, 크루즈는 여러 번 다녀와도 좋다.

드넓은 풍경과 자연을 넘나들며 환상적인 꿈을 꿀 수 있는 곳이 남태평양 크루즈다.

놀라운 풍광의 향연에 놀랍다는 말도 하지 못할 위대함을 몸으로 느끼다 보면 찬란한 보석이 다른 무엇도 아닌 바로 자신임을 알게 된다. 평화로운 정취와 아름다운 풍광 안에 들어와 있는 것만으로도 잊고 지냈던 삶의 여유를 되찾을 수 있다.

광대한 자연과 다양한 액티비티와 레포츠까지 여행자들의 마음을 훔치는 남태평양의 속살을 만나보자. 각양각색의 열대어를 보는 것은 기본이고, 유네스코 세계자연유산으로 정하고 싶어도 너무 많아 포기했다는 경이로운 자연 풍광은 감탄을 넘어 정신이 아득해질 정도다.

시선이 닿는 곳마다 감탄사가 절로 터져 나온다.

무엇보다 더 기쁜 것은 이렇게 보고 즐기는 자연 풍경이 모두 무료라는 것이다. 세상 어디에서도 볼 수 없었던 에메랄드 빛깔의 바다에서 수영을 마음껏 즐기고 난 후에는 멋진 풍광의 야자수 아래에서 누워 쉴 수 있는 여유로움까지 누릴 수 있다.

신이 빚어 놓은 듯한 남태평양에서 즐길 수 있는 스노클링, 섬나라지만 강도 많아서 급류를 타고 물살과 한판 대결을 펼치는 래프팅, 이것이 힘들다면 하루 종일 어려움 없이 오르락내리락하며 트레킹도 즐길 수 있다.

낙하 번지점프와 짚라인을 타고 밀림 속으로 뛰어드는 색다른 경험도 할 수 있다. 새벽 공기를 가르며 하늘을 나는 열기구 비행은 어떠한가, 제트보트를 타고 파란 바다를 가로지르는 설렘은 또 어떠한가.

크루즈를 타고 바라보는 바다의 석양은 그 어떤 작품보다도 아름답고, 스쿠버다이빙으로 바다의 천연 구조물인 산호를 체험하는 것 또한 매우 환상적인 경험이다. 바다의 투명한 물빛을 통해 비치는 각양각색의 산호초와 그 사이를 무리지어 다니는 오색찬란한 열대어들을 바라보고 있으면 마치 꿈속에 빠져든 듯 몽환적이다. 비현실적으로 아름다운 바닷속 풍광은 놀라움의 연속이다.

만약 스쿠버다이빙이 힘들다면 잠수선 등을 이용하여 바닷속 풍광을 만나볼 수도 있다.

이미 골드코스트, 마이애미, 몰디브 등 열대지방의 바다에서 스노클링을 경험해 보았지만 남태평양의 바닷속 아름다움에 비하면 그것은 아무것도 아니다.

다양한 표정을 간직한 남태평양의 무한 매력에 빠져 있다 보면 '바로 이곳이 지상낙원, 천국이구나'라고 생각될 정도다. 이렇다 보니 일 년 내내 전세계 여행객들의 발길이 끊이지 않는 것은 너무나 당연한 일이다.

신이 연습 삼아 지상에 천국을 만들어 보았다는 남태평양의 아름다운 섬나라 3개국 피지, 바누아투, 뉴칼레도니아을 2016년 11월 5일부터 11월 21일까지 17일간 일정으로 다녀왔다. 다행히 함께 여행을 한 아내운당 김선자의 멋진 영어회화 실력으로 한층 편안하고 저렴하게 여행을 다녀올 수 있었고, 아내는 사진촬영까지 도와주었다.

용기 있는 자만이 최고를 얻는다. 꿈은 포기하지 않는 한 이루어진다고 믿는다. 그러니 꿈처럼 여겨지는 남태평양 크루즈 여행은 내게 넘볼 수 없는 이색지대가 아니었다. 누구든 도전하면 열리는 천국과 같은 지상낙원이었다. 이 글을 읽는 이들에게도 남태평양 크루즈 여행은 더 이상 꿈이 아니라고, 도전하면 열리는 천국이라고 말하고 싶다.

2017년 2월 1일

월파 송양의

| 차례 |

17일간의 여행일정

1일차 _ 인천 공항 출발, 말레이시아 경유(쿠알라룸푸르 시내 구경),

오스트레일리아행 비행기 탑승

2일차 _ 시드니 도착 후 시내 관광, 크루즈 탑승 후 출항

3일차 _ 선상에서의 만찬과 댄스파티, 공연감상 등

4일차 _ 뉴칼레도니아로 이동 중

5일차 _ 뉴칼레도니아 도착하여 선택관광

6일차 _ 바누아투 해변과 시내 투어

7일차 _ 피지로 이동 중

8일차 _ 피지 울랄라 섬 선택관광과 생일 파티

9일차 _ 피지 수도 수바의 아트 빌리지 관람, 정글투어와 래프팅

10일차 _ 피지 사부사부 리조트, 슈퍼문 감상

11일차 _ 드라부니 섬 선택관광

12일차 _ 뉴칼레도니아로 항해 중

13일차 _ 뉴칼레도니아 누메아 박물관 관광 및 선택관광

14~15일차 _ 시드니로 항해 중, 선장초대 파티

16~17일차 _ 시드니항 도착, 한국으로 귀국

크루즈 내에서의 하루 일정

오전 6시 _ 기상, 산책하며 일출 감상 후 조식

오전 8시 _ 영화감상, 또는 골프, 탁구, 볼링과 같은 운동

오전 10시 _ 데크 5에서 오케스트라 연주 감상

오전 11시 _ 씨어터 룸에서 쇼 감상

오전 12시 _ 점심(뷔페식당이나 다이닝 룸, 스테이크 하우스 등 이용)

오후 1시 _ 아이스 캐빙 등 행사나, 경매장, 카지노 등 방문

오후 2시 _ 바이올린 연주회, 피아노 연주 감상

오후 3시 _ 독서실, 인터넷카페 이용

오후 4시 _ 낮잠 및 산책, 온천 등으로 휴식

오후 5시 _ 클래식 연주 감상, 아트갤러리

오후 6시 _ 다이닝 룸에서 저녁 만찬

오후 8시 _ 리얼리티 쇼 감상 후 자유시간

오후 10시 _ 영어 소식지 읽으며 다음날 선택관광 등을 준비

오후 11시 _ TV시청 및 여행 감상을 기록한 후 수면

위의 시간표는 크루즈가 종일 항해하는 날, 크루즈 내에서의 하루를 정리한 것이므로 여행자에 따라 달라질 수 있습니다.

쿠알라룸푸르 _
공항에서 비행기를 기다리는 6시간 동안, 우리는 시내 구경을 했다.

여행 1일차

신이 지상에 천국을 시험 삼아 만든다면 어떻게 만들었을까.

그 궁금증을 해결하고자 남태평양으로 떠나는 여행의 첫날이다. 천국의 섬 3개국피지, 바누아투, 뉴칼레도니아을 향하는 아내와 나의 여행이 이제 시작이다.

나와 아내는 부지런히 준비하여 2016년 11월 5일 오전 6시 25분 충남 천안을 출발하여 KTX 열차를 타고 한 시간 반 만에 인천 공항에 도착했다. KTX 열차를 이용하여 인천 공항으로 한 번에 갈 수 있다는 것은 매우 큰 행운이다.

오전 8시에 인천 공항에 도착하여 여행을 위한 수속을 마치고 탑승동으로 이동하여 라운지에 들어선다. 우리 부부는 여행 카드로 라운지에서 무료 조식을 먹고 샤워까지 마친다.

오전 11시, 우리 부부는 말레이시아행 비행기에 몸을 실었다. 6시간 후 쿠알라룸푸르 공항에 도착하였지만 경유할 비행기를 타려면 몇 시간을 기다려야 한다.

우리는 오스트레일리아행 비행기를 기다리는 시간 동안 시내를 구경하고 다시 공항으로 되돌아왔다. 오후 11시 30분에야 말레이시아 에어라인 비행기를 타고 오스트레일리아 시드니를 향했다. 8시간 후 나와 아내는 드디어 시드니에 도착했다.

오스트레일리아 시드니 _
11월의 시드니는 우리나라와 정반대의 기후여서 맑고 화창한 초여름의 날씨다.

여행 2일차

시드니는 오스트레일리아의 남동 해안에 있는 항구도시다. 1788년 영국 식민지이던 당시 영국의 각료였던 시드니 경의 이름을 따서 생긴 지명이 시드니Sydney이다. 오스트레일리아에서 가장 큰 도시로 상공업·문화·교육의 중심지이며, 인구는 500만 명이다. 또한 시드니에는 세계 3대 미항으로 꼽히는 아름다운 항구가 있다.

오스트레일리아는 우리나라보다 면적이 70배나 큰 나라지만, 인구는 2,300만 명으로 우리나라 인구의 반도 되지 않는다.

여행 이틀째인 11월 6일 아침 6시, 나와 아내는 시드니 공항을 나섰다. 이곳 오스트레일리아 시드니는 우리나라와 정반대의 기후여서 맑고 화창한 초여름의 날씨다.

공항을 벗어나 시드니의 오페라 하우스, 하버브리지 등을 구경하고 시내와 공원 등을 산책했다. 오스트레일리아는 이미 몇 번 여행을 와

여행 기간 머물렀던 다운 프린세스호의 모습

서일까 작은 골목길까지도 낯설지 않다. 이른 아침부터 구경을 해서인지 여러 곳을 다녔는데도 배를 타기까지 시간이 남는다. 여유 시간을 보내다 배를 탈 시간이 가까워질 즈음 택시를 타고 터미널 방향으로 향한다. 오후 3시, 우리는 시드니의 화이트 베이 크루즈 터미널White Bay Cruise Terminal에 도착하여 크루즈에 탑승했다.

오후 4시, 드디어 다운 프린세스Dawn princess호가 시드니 항을 출항했다. 크루즈에 오르자마자 나는 아내와 함께 앞으로 우리가 머물 객실로 향했다. 우리 부부가 머물 객실은 5층에 있는 315호실이었다. 서둘러 객실에 짐을 풀어놓고, 15층 갑판에 오른다.

갑판에 서서 바라보니 크루즈선이 시드니항을 빠져나가고 있다. 아름다운 시드니가 점점 멀어지고 석양 빛이 길게 갑판에 펼쳐지는 모습이 장관이다. 이제 우리가 탄 크루즈는 전세계인의 사랑을 받기로 유명한 남태평양의 짙푸른 자연 속으로 향하고 있다.

아름다운 석양을 보고 있자니, 이번 여행은 내 상상보다 더욱 특별한 추억이 될 것이라는 확신이 생겼다. 다녀온 사람들이 모두 매료당했다고 말하는 남태평양을 내 눈으로 직접 확인할 시간이 다가온다. 남태평양의 보석이란 별칭처럼 반짝반짝 빛나는 찬란한 추억을 내 마음에 새길 것이라는 기대에 벌써부터 흥분이 된다.

저녁 식사 후, 객실에 들어와 프린세스 영어 소식지를 읽어본다. 이 소식지는 밤마다 매일매일 배달되는데 크루즈 여행에 필요한 여러 정보들과 앞으로의 여행 일정이 안내되어 있다.

예를 들면 소식지에는 7일과 19일 날은 다이닝룸을 입장할 때 정장을 입어야 한다는 주의사항과 매일 아침 몇 시에 어느 기항지에 도착하며 몇 시에 떠나는지 등의 정보가 담겨 있다. 또한 크루즈 내의 공연이나 행사 정보들도 안내되어 있다. 그래서 좀더 멋진 크루즈 여행을 즐기기 위해서는 이 소식지를 빠짐없이 읽고 다음 일정을 챙기는 것이 크루즈 여행의 한 가지 팁이다.

크루즈 갑판에 서서 바라보니 아름다운 시드니가 점점 멀어지고 있다.

하버 브리지 _
세계에서 가장 폭이 넓은 다리로서 8차선 도로와 차도, 인도까지 다리 위에 놓여 있으며,
다리를 받치는 기둥 중 하나는 박물관과 전망대로 꾸며져 있다.

오페라 하우스 _
시드니의 상징적인 건물로 조가비 모양의 건물이 바다와 조화를 이루고 있다.
2007년 유네스코 세계유산으로 선정되었다.

여행 3일차

아침에 일어나자마자 서둘러 엘리베이터를 타고 15층에 오른다. 바로 일출을 보기 위해서다.

갑판에 올라 바다를 보니 초록빛이 끝없이 펼쳐진다. 그리고 그 바다의 끝에서 빛나는 붉은 빛은 마치 용암이 끓어오르는 듯 강렬하다. 일출을 보며 크루즈선을 타고 달리는 낭만과 여유를 느껴본다. 어느 곳을 바라보아도 망망대해건만 조금도 무섭거나 두렵지 않다. 끝날 줄 모르는 바다의 에메랄드 빛은 마음을 절로 평온해지게 한다. 행복이 파도처럼 넘실댄다. 주변을 돌아보니 이런 기분을 느끼는 것이 나만은 아닌 듯하다. 수평선 위로 태양이 떠오르는 장관을 바라보는 크루즈 안의 천 명도 넘는 승객들 모두 웃음 가득한 얼굴이니 말이다.

아침에 일어나 데크deck, 갑판, 층에서 바다를 내려다보다가 조식을 먹으러 식당으로 향한다. 뷔페로 먹는 아침 식단은 6성급 수준으로 호화

일출을 보며 크루즈선을 타고 달리는 낭만과 여유를 느껴본다.

위 _ 아침 식사 도중 이야기를 나눈 외국인과 함께.
아래 _ 아침 식사 메뉴로 담아온 랍스터.

스럽다. 과일을 비롯한 백 가지도 넘는 음식들이 하나같이 최고급이다.

나는 아스파라거스, 망고, 키위, 새우, 바닷가재를 담아와 간단하게 식사를 한 후 아내와 함께 밖으로 나왔다.

배의 앞쪽에서부터 선미, 즉 배의 뒷쪽까지 한 바퀴 걸어본다. 선내를 거닐다 마침 스크린 골프장을 발견하여 골프로 몸을 풀었다. 그리고 다시 간식으로 과일을 챙겨먹은 후 밖으로 나오니 사람들이 서핑을 하고 있다.

이런 기회를 놓칠 우리가 아니다.

얼른 수영복으로 갈아입고 들어선다. 바다에서 하려면 위험할 수 있지만 배 위에서는 다르다. 서퍼들이 좋아하는 파도를 만들어 내는 인공서핑시설에 오른다.

몇 번을 넘어지다 민망함에 누가 본 사람은 없나 주위를 둘러본다. 아무도 우리에게 관심이 없는 듯하다. 그리고 사람들과 서핑을 해보니 나보다 더 많이 넘어지는 사람들이 수두룩하다. 넘어지기를 반복하면서 몇 번 도전해 본 결과, 어느새 나는 능숙한 서퍼가 되어 있었다. 수영복을 걸친 내 몸매가 남에게 자랑할 만한 것은 못되지만 이곳에서는 타인을 의식할 필요가 없다. 서투른 몸짓으로 몇 번씩 넘어져도, 평범한 몸매를 가졌어도 즐겁게 즐기면 그만이다. 사실 우리는 남을 의식하기 때문에 더 불행한 것인지도 모른다. 타인의 시선으로부터 벗어

위 _ 선장이 초대하는 크루즈 만찬장의 모습
아래 _ 만찬장에서 외국인 부부와 함께

나 편안하게 즐겨본다.

재미있다! 비록 플로라이더flowrider, 파도타기 기계로 즐기는 서핑이지만 즐거움을 만끽한다. 서핑을 끝내고 나가면서 좀전의 나처럼 서핑을 하는 사람들이 보인다. 서핑을 하며 곤두박질하는 사람, 개그맨처럼 몸동작을 보이며 넘어지는 사람들의 모습이 재미있다.

서핑을 처음 하는 초보자는 우리에게 더 큰 웃음을 안겨준다. 처음은 다 그렇지 않은가. 익숙치 않아 실수하고, 넘어지고를 반복하는 것은 너무나 당연한 일이다. 그들의 모습이 우습지만 방금 초보자 딱지를 뗀 우리는 절대로 그들을 비웃지 않는다. 초보자와 방금 숙련자가 된 나를 비교할 필요는 없기 때문이다.

남과 나를 비교함으로써 내가 불행해질 필요가 없다. 개인적으로 외국인들에게 느끼는 좋은 점이 바로 이것이다. 남과 나를 비교하지 않고, 타인의 시선을 신경 쓰지 않는다. 그들은 사랑하는 사이라면 남들이 뭐라 하건 당당히 애정을 표현하며, 심지어 키스도 한다. 아마 우리나라 사람들로서는 이해하기 어려운 모습일 테지만, 자신의 생각과 감정에 당당한 외국인들의 모습이 나는 좋다.

오늘 밤은 선장이 초대하는 호화로운 크루즈 만찬이 있다. 만찬이니 만큼 저녁식사 또한 훌륭하다. 2,200명의 승객들이 값비싼 옷을 입고 멋진 구두와 악세서리를 한 자신의 모습을 뽐내고 있다. 나와 아내 역시 이 호화로운 만찬에 맞춰 나는 넥타이를 매었고, 아내는 정장을 입고 참석했다. 만약 우리의 옷이 낡고 오래된 옷이었다면 주눅이 들었을지도 모른다. 이런 곳일수록 스스로를 당당히 여겨 자신의 중심을 잡아야 한다.

화려한 만찬을 끝내고 선실로 돌아오는 중 길을 잃고 말았다. 크루즈 안이 마치 서울 명동 거리처럼 복잡한 느낌이다. 어디가 어디인지 너무나 헷갈린다. 우리는 방을 찾아 이 사람 저 사람에게 물어보기도 하고, 객실 안내판도 보면서 겨우겨우 방으로 찾았다. 하지만 겨우 방에 들어와서도 들뜬 기분이 가라앉지 않고 잠이 오지 않는다.

우리 부부는 도저히 흥분을 가라앉힐 수가 없어 다시 밖으로 나와 버렸다. 하릴없이 8층에 있는 면세점에 가서 쇼핑을 하고, 예술품 경매장에 들러 미술품을 경매하는 모습도 구경한다.

마침 극장에서 공연을 하길래 얼른 들어가 본다.크루즈 안에서는 하루에도 여러 번 극장에서 공연을 한다. 사람들 틈에 끼어서 공연을 보는데, 나의 외국어 실력이 모자라서인지 서양 문화를 잘 몰라서인지 도통 무슨 말인지 알아들을 수가 없었다. 이어지는 코미디 토크 쇼도 마찬가지였다. 다른 사람들은 토크 쇼를 보며 웃는데 나는 언제 웃어야 할지 알 수가 없어 극장을 나왔다. 이번에 향한 곳은 카지노다. 행운을 빌며 딜을 했는데, 혹시나가 역시나이다. 우리 부부는 5달러씩 잃고 자리에서 일어났다. 더이상 카지노에 머물 이유가 없다. 자리를 옮겨 선상에서 벌어진 댄스 파티장으로 향했다. 진행자가 알려주는 대로 스텝을 밟는데도

선상에서 벌어진 댄스파티

내 발은 자꾸만 아내의 발을 밟는다. 아마도 나는 발로 하는 활동에는 영 재능이 없는 모양이다.

실컷 돌아다니고 나니 몸을 풀고 싶어 사우나와 스파를 했다. 우리 부부는 노곤해진 몸을 이끌고 라운지에 들러서 음악감상을 했다. 우리는 음악을 들으며 편안히 휴식을 취한 후, 객실로 돌아왔다.

잠을 자기 전, 기항지 관광 스케줄을 확인하고, 투어 데스크Tour Desk에 선택 관광을 신청했다. 이제 잠을 자야겠다. 크루즈 여행은 다른 여행과 달리 첫날부터 여행이 끝나는 마지막 날까지 잠자리를 이동하지 않는다. 아, 얼마나 편안한 시스템인가.

여행 4일차

다운 프린세스호는 오늘도 항해 중이다.

신이 빚었다는 남태평양의 천국은 멀기도 먼가 보다. 며칠째 망망대해를 달리는 것을 보니….

며칠째 크루즈 안에서만 지내지만 그리 심심하지는 않다. 크루즈선은 작은 도시와 마찬가지이기 때문이다. 크루즈 안은 먹고 마시고 즐길 수 있는 것이 즐비하다.

오늘은 아침 식사 후에 아내와 함께 탁구를 쳤다.

손으로 하는 운동은 아내와 내가 비슷한 실력이다. 아내와 언제든지 배구, 골프, 테니스, 탁구 등을 함께 할 수 있다는 것은 커다란 행운이다. 우리 부부는 12층에서 탁구를 한 시간 정도 친 후에 다시 스크린 골프를 쳤다. 운동을 할 때, 비슷한 실력의 상대가 있다는 것은 재미를 증폭시킨다. 실컷 운동을 하고 난 후, 샤워를 하고선 영화관으로

크루즈 내에서
간단하게 즐기는
골프 퍼팅과
볼링, 약식 당구

향했다. 크루즈 내에 있는 모든 시설이 무료인지는 모르겠지만 우리가 가는 곳들은 입장료가 없었다.

항상 열려 있는 뷔페 식당에서 과일 등으로 입을 즐겁게 한 후, 클래식을 감상하러 갔다. 한 시간 정도의 피아노 연주가 끝나자, 이어서 바이올린과 기타 등 작은 오케스트라 연주가 승객들의 귀를 즐겁게 한다. 공연과 행사 등을 위한 인원들을 감안해 보면, 크루즈 안에 승객도 많지만 선사에서 준비한 행사들을 위한 인원도 많은 모양이다. 듣기로 2,200명의 승객과 1,000명의 승무원, 100명의 연예인들이 탑승했다더니 정말 그런 듯하다.

이 호화로운 크루즈선이 남태평양의 환상 속으로 빠져들기 시작한다. 거대한 유람선에 올라 푸른 바다를 바라보는 즐거움은 기존 육로 관광에서는 결코 느낄 수 없는 색다른 매력을 가져다준다. 크루즈에 머물다 보면 특급 호텔에 버금가는 다양함을 즐길 수 있다. 크루즈 내의 다양한 엔터테인먼트와 오감을 만족시키는 근사한 음식을 즐기는 재미도 기존 여행과는 크게 다른 점이다. 매일 밤 특급 호텔과 같은 침대에서 자는 사이 배는 부지런히 이동하여 우리를 매일매일 새로운 곳으로 안내한다. 미지의 세계에서 펼쳐지는 기항지 투어도 벌써부터 흥미를 불러온다. 게다가 크루즈 여행은 여행 기간 동안 짐을 싸고 푸는 불편함도 없다.

여행의 끝판왕이라고 할 수 있는 크루즈 여행은 그래서 매력이 크다. 이제 나도 판에 박힌 여행에서 벗어나 선상의 낭만을 즐기는 여행을 하게 된 것이다. 드디어 팔색조의 남태평양 바다가 보인다. 그간 보아왔던 뻔한 바다와는 다르다.

누구나 한 번쯤 럭셔리 크루즈 여행을 꿈꿀 것이다. 차별화된 선내 시설과 훌륭한 프로그램, 거기에 명품 기항지까지 더해진다면 더할 나위 없을 것이다. 꿈결 같은 환상적인 여행을 하고 싶다면 단언컨대 크루즈 여행을 추천한다. 특히나 따뜻한 남국의 바다를 여행하고 싶다면 크루즈 여행이 최선이다. 눈부신 바다와 뜨거운 태양, 남국의 열기는 그냥 생각만 해도 마음이 따뜻해진다.

크루즈 여행이 사치스럽다는 생각은 버려도 좋다. 17일간 남태평양 3개국을 여행하는 데 1인당 총 여행 경비가 300만 원 이하이니 그리 비싼 가격이라고 할 수 없다. 특히 수백 개의 작은 섬들로 이루어진 남태평양의 나라들은 직항으로 연결되는 곳이 드물어 여행 경로가 복잡하다. 이러한 과정을 한 번에 해결할 수 있는 유일한 여행 방법은 바로 크루즈다.

그리고 직접 크루즈를 타 보니 이처럼 만족을 주는 여행도 없다. 새파란 망망대해를 내달리는 새하얀 크루즈선을 타고 있노라면 내 자신이 마치 영화의 주인공이 된 듯한 느낌이 든다.

나는 크루즈에 오르는 첫 순간부터 알 수 없는 매력에 푹 빠져들었다. 크루즈 여행은 시간에 쫓겨 버스에 오르락내리락하는 일반 여행

하늘과 태평양 전체가 검붉은 물감을 머금은 듯, 붉은 기운이 번져 나간다.

과 다르다. 기항지에 머물렀을 때도 하선하기 싫다면 크루즈에 남아서 여가시간을 보내거나 휴식을 즐길 수도 있다. 그야말로 차원이 다른 힐링 여행이다. 이번에 선택한 크루즈 여행이 그러하다.

크루즈 여행을 만끽하며 15층에 올라 석양을 감상한다. 아름다운 노을빛은 장엄하다 못해 눈부시도록 아름답다. 하늘과 태평양 전체가 검붉은 물감을 머금은 듯 붉은 기운이 번져 나간다. 어느 곳을 바라보아도 온통 붉은 빛이다. 이런 풍광을 보고 있자니 어쩌면 천국은 상상보다 가까이 있는지도 모르겠다는 생각이 든다. 배라는 한정된 공간에 있는데도 시간은 너무나 빨리 흘러간다.

갑판을 한 바퀴 도는데 10분 정도의 시간이 걸린다. 차 한 잔을 마시고 느긋하게 배 위를 걸어본다.

선실에 돌아와서는 내일 머무르게 될 기항지port of call를 확인한다. 우리가 내일 도착할 첫 기항지는 뉴칼레도니아New Caledonia의 리푸Lifou 섬이다. 선상 신문cruise compass을 보면서 첫 기항지에 대한 만반의 준비를 한다. 우선 작은 배낭에 선상카드와 수영복, 모자, 선글라스, 스노클 등의 준비물을 챙겨 넣는다. 시 패스sea pass, 실출입카드 및 결제도구 겸비한 선상신분증는 항상 몸에 지녀야 하기 때문에 재차 확인한다.

크루즈는 객실 안에서도 크루즈선의 외관을 구경할 수 있다. 그리고 내일 도착하는 기항지에 대한 안내 방송도 나온다. TV를 켜서 안내 방송을 보고 있자니 소개하는 장소 모두가 아름다워서 어느 곳부터 가봐야 할지 결정을 못하겠다.

'내일은 어디부터 다녀볼까?'

내일 가게 될 뉴칼레도니아에 대한 설렘을 안고 잠이 든다.

파란 바다가 아름다운 선착장에서…

16

여행 5일차

아침에 일찍 일어나 15층 갑판에 오른다.

눈앞에 뉴칼레도니아New Caledonia의 리푸Lifou 섬이 보인다. 리푸 섬은 뉴칼레도니아의 로열티 제도Loyalty Is.에 딸린 섬이며 인구도 많다. 위치는 누메아Noumea 위쪽에 있으며 바누아투Vanuatu의 수도 빌라Port-Vila 아래쪽에 있고 피지Fiji의 서쪽에 있다.

어디까지가 바다이고, 어디부터가 육지인가? 섬 전체가 온통 파랑이니 분간이 되지 않는다. 그나마 어렴풋이 보이는 산호 띠가 여기서부터 바다라고 알려주는 듯하다.

리푸 섬에 도착하여 버스를 타고 이동한다. 좀 더 한적한 바다로 가기 위해서다. 차창 밖으로 보이는 풍경은 가도 가도 파란 물결뿐이다. 리푸 섬의 해변은 역시 아름답기로 유명하다. 그중에서도 가장 진한 블루 빛을 자랑하는 루엥고니 해변Luengoni Bay이 가장 유명하다.

눈앞에 펼쳐진 코발트 빛의 아름다운 바다와 황금빛 해변이 그야말로 장관을 이루고 있다. 섬 전체가 하나의 풍경화 같다. 아름다운 풍광에 감탄하며 카메라를 대고 찍는 곳마다 엽서 속 아름다운 사진처럼 나온다. 나는 리푸 섬의 아름다움에 말을 잃을 지경이었다. 사람들은 뉴칼레도니아와 피지를 남태평양의 허브라고 부른다는데 그 이유를 이제야 알겠다.

뉴칼레도니아의 리푸 섬은 '죽기 전에 한 번쯤은 가 봐야지…' 생각하면서도 한 번 다녀오기엔 너무나 멀게 느껴진다. 직항이 없어서 비행기로 경유를 하거나 나처럼 크루즈를 타고 와야 하는 이동 상의 불편이 있다. 하지만 이곳에 와보니 평생에 단 한 번 못 와볼 이유도 없다는 생각이 든다. 결심만 하면 된다.

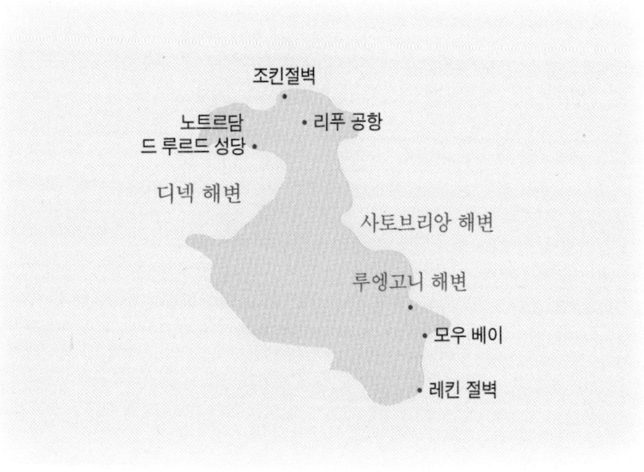

뉴칼레도니아의 리푸 섬

세계적으로 유명한 휴양지 중에 하나인 이곳을 두고 많은 이들이 '신들의 섬'이라고 말한다. 처음 이런 말을 들었을 때는 아무 섬이나 에덴동산이니 신들의 섬이라 부른다 싶어 피식 웃어 버렸다. 그러나 이곳에 와보니 그런 나의 생각이 얼마나 큰 편견이었는지 깨달았다. 신神을 아무 데나 가져다 쓰다니 무식한 사람이라고 비웃었던 내 자신이 부끄러웠다. 누군지 별명 한번 잘 지었다.

이곳에 오기 전, 나는 이 섬의 기후도 보통의 열대지방처럼 더위와 습기가 대단할 것이라고 생각했다. 이런 나의 고정관념이 여지없이 깨진 것은 배에서 내려 섬에 첫발을 내딛자마자였다. 푹푹 찌는 뜨겁고 습한 공기를 예상했는데 배에서 내리자마자 나를 처음 맞이한 것은 온몸을 휘감는 향긋하고 시원한 바람이었다. 라일락 향기를 뿌려 놓은 듯 맑고 향긋한 바람이 느껴져 난 처음에 내 코를 의심했다. 섬에 도착하자마자 달콤하고 시원한 바람의 환영을 받으리라고는 예상하지 못했던 것이다. 여행을 하며 내 예상이 이렇게 박살나기는 이번이 처음이었다. 그러니 섬에 도착한 순간부터 난 흥분할 수밖에 없었다.

리푸 섬의 코발트빛 바다가 연신 마음을 뒤흔든다. 물빛만 아름답다면 냉정을 바로 되찾을 텐데, 비너스의 몸매처럼 아름다운 해안선의 굴곡이 눈에 들어온다. 해변 한쪽 야자수 그늘에서는 한 쌍의 연인이 사랑놀이를 하고 있다. 바다 위에선 서퍼들이 날다시피 파도를 따라 넘실댄다. 눈앞에 펼쳐진 비현실적인 풍경은 마치 꿈결 같았다. 천

위 _ 배에서 내리자마자 향긋하고 시원한 바람이 온몸을 휘감는다.
아래 _ 기항지에서 내리자 원주민들이 음악으로 우리를 환영해준다.

국 같은 이 섬의 첫인상은 내가 지금 낙원에 와 있는 건지 아니면 꿈을 꾸는 것인지 헷갈리게 할 정도다.

어깨에 메고 있는 배낭을 풀기도 전에 그냥 바다로 뛰어들고 싶을 정도로 마음이 급해진다. 그리고 나보다 성격이 더 급한 몇몇 사람들은 정말로 옷을 입은 채 바다로 향한다. 나는 정신 나간 사람처럼 멍하게 서서 그 모습들을 바라보았다. 순간 일상에 찌들었던 내 자신이 온데간데없이 사라진 듯하다. 이렇게 사라져버린 나 자신은 어디로 가야 찾을 수 있을지도 모르겠고, 심지어 찾고 싶지도 않았다. 그저 어린아이가 되어 이 아름다운 백사장을 내달리고 싶었다. 세계 곳곳에 해변이 많고도 많은데 이곳의 분위기는 완전히 다르다. 리푸 섬의 해변 풍경에 도취되어 카메라를 꺼내 사진을 찍어 보려 하지만 무리다. 어느 곳을 찍어도 아름답다 보니 오히려 카메라 앵글을 어디에 맞추어야 할지 감을 잡을 수 없다.

뉴칼레도니아의 신성한 기운이 머리가 아닌 가슴을 열면서 온몸과 마음에 스며든다. 이 섬에 있는 것만으로도 힐링이 되는 듯하다. 이 섬 자체가 나에겐 힐링이다. 이곳에선 무념무상의 시간을 가질 수 있고, 마치 환상의 섬에 있는 듯 아름답고 독특한 분위기를 느낄 수 있다. 그러니 사람들이 이 섬을 사랑할 수밖에….

리푸 섬은 조금만 걸으면 비밀의 문을 열어젖힌 듯 아름다운 해변을 볼 수 있다. 바다 빛깔 또한 말로 표현할 수가 없다. 에메랄드 빛이라는 흔한 표현으로는 성에 차지 않는다. 바다에다 가장 진한 파랑 물감을 풀어 놓은 듯 새파랗기만 한데, 희한하게도 바닷속은 아래가 훤히 보일 정도로 투명하다. 멀리서 봐도 가까이에서 봐도 신기할 따름이다.

여름철이 지나가면 휴가가 끝났다고 다들 말하는데, 이곳은 연중 휴가철이다. 언제나 맑고 따듯한 날씨이다. 언제든지 물속에 뛰어들어 수영을 할 수 있는 바다가 일 년 내내 사람들을 받아준다. 어찌되었건 예술가를 유혹하는 이 섬의 환상적인 비경에 나도 유혹당해 볼까 싶다. 이제 오색 빛깔 산호의 향연에 빠질 차례이다.

남태평양의 뜨거운 햇빛은 강렬하다. 피부에 화상을 입지 않게 스윔수트를 챙겨 입고 구명조끼를 벗는다. 구명조끼를 입으면 잠수하기가 어렵기 때문이다. 스노클링 장비를 챙기고 워터슈즈를 신는다. 워터슈즈나 오리발을 신지 않고 바다에 들어가면 산호에 발이 베일 수 있다. 맨발로 산호 바다에 뛰어드는 것은 스노클링 초보자들이 흔히 하는 실수다. 준비를 마치고 스노클링을 하기 위해서 바다에 들어간다.

스노클링을 하면서 열대어들과 노닐며 남태평양의 푸른 바다를 누빈다. 눈앞에 다가온 꿈결 같은 바닷속 풍경에 마음이 설렌다. 더 진한 감동을 느끼기 위해 좀 더 깊이 잠수를 해 본다. 내 수영 실력은 비

스노클링을 하면서 열대어들과 노닐며 바다를 누빈다.
눈앞에 다가온 꿈결 같은 바닷속 풍경에 마음이 설렌다.

루하지만 침착함을 잃지 않으면 바닷속을 얼마든지 즐길 수 있다. 파도치듯 몸을 위아래로 움직여 바닷속을 유영한다. 가까이에 있던 거북이가 내게 놀자고 자신을 따라오라 하는 듯하다. 거북이를 따라 헤엄을 치다 숨을 쉬기 위해 수면 위로 올랐다. 그리고 다시 바다로 들어가 보니 거북이는 온데간데없고, 어떤 거대한 물고기가 내 주위를 에워싼다. 상어 같은데 신경 쓰지 않는다. 바다를 탐험하느라 흥분된 상태여서 위험하다는 생각이 들지 않는다. 근심 걱정 모든 것을 잊고 스노클링을 즐긴다.

리푸 섬의 바닷속에는 산호초가 줄을 잇고 있다. 바닷속 산호초의

엄청난 규모에 나도 모르게 절로 입이 벌어진다. 바닷물에 흔들리는 산호초가 포근히 나를 감싸안고, 무리지어 다니던 열대어가 반갑다는 듯 나를 툭 치고 지나간다. 남태평양의 바다가 아니라면 절대로 경험할 수 없는 짜릿함에 신이 난다. 보통 기대가 크면 실망도 크다는데 남태평양의 바다가 내게 준 선물은 기대 이상이라 도저히 실망할 수가 없다. 속이 훤히 들여다보이는 바다에 몸을 맡기고 있자니 문득 다른 사람들에게 내 모습이 어떻게 보일까 하는 생각이 들어 얼른 옷매무새를 다듬는다.

30분 정도 스노클링을 즐기다가 해안가로 나와 잠시 앉아 쉬어본다. 산호 가루로 되어 있는 백사장은 소금을 뿌려놓은 듯 새하얗고 곱디곱다. 발바닥에 닿는 모래의 부드러운 느낌에 자꾸만 손으로 모래를 만져보게 된다. 모래사장에 앉아 쉬며 바다를 보다가 뒷골이 쭈뼛 선다.

몇몇 스노클링 초보자들이 벌써 산호에 발을 베였는지 해변에 앉아 상처를 어루만지고 있는 모습이 눈에 띈다. 그리고 어느새 그들이 흘린 피 냄새를 맡고 상어들이 몰려왔는데 나는 그것을 모르고 스노클링을 즐긴 것이다. 천만다행으로 다치지 않았다는 생각에 놀랐던 마음이 가라앉고, 오히려 상어에게 물렸다면 어땠을까 상상한다. 이런 내 모습이 어이없어 웃음이 나온다.

해변에 몰려든 상어들 때문에 스노클링을 그만두고, 가까운 언덕을 오른다. 언덕에 올라보니 절벽 가장자리에 성당이 하나 우뚝 서 있다. 1898년에 프랑스인들에 의해 세워진 노트르담 드 루르드Notre Dame de Lourdes라는 이름의 성당이다. 성당이 세워진 위치에서는 언제든지 파란 바다를 바라볼 수 있다.

산 위에서 내려오는 사람들이 절벽에서 바다로 뛰어드는 사람들이 있으니 보고 오라고 조언한다. 아주 멋진 모습이라며 감탄하는데, 거절할 이유를 찾지 못하겠다. 우리는 조킨 절벽Les falaises de Jokin 쪽을 향해 걷기 시작한다.

사람들 말대로 산 위에 올라보니 이곳 원주민들이 조킨 절벽 끝에서서 점프하여 바다로 뛰어들고 있다. 무척 위험해 보이는데도 이제껏 단 한 명도 죽은 사람이 없다고 하니 아마도 리푸 섬은 상어가 있건 암초가 있건 다 보호해 주는 천국의 섬인 모양이다.

바다의 파란색은 물속에 있는 사람들의 옷이 바다처럼 파란색으로 물들지 않을까 걱정될 정도로 새파랗다. 푸른 바다는 바람을 핑계로 끊임없이 절벽을 올랐다가 부서지기를 반복하고, 절벽은 뒤로 물러서는 방법을 모르는 듯 묵묵히 바다의 도전에 응하고 있다. 거침없이 부딪히는 파도와 묵묵히 버티고 서 있는 절벽의 모습이 꽤나 인상적이다.

산 위에 올라 내려다보는 푸르고 푸른 남태평양의 경관은 또 어떠한가. 절벽 정상에서 저 멀리 수평선 너머 끝자락을 보고 있자니 소원이라도 빌고 싶을 만큼 아름다운 광경이다.

언덕을 내려오는데 나뭇잎이 손을 흔들고, 붉은 꽃들이 지천에 피어 바람에 흔들린다. 어디가 꽃밭이고, 어디가 길인지 구별이 가지 않는 숲길을 걷는데 바로 옆은 바다가 보인다. 흙길을 따라 걸으며 다른 사람들을 보니 나만 운동화를 신고 있다. 나도 다른 사람들처럼 신발을 벗고 맨발로 땅을 밟아본다. 맨발에 닿는 땅의 촉감이 새롭다. 지구와 나 사이에 아무것도 없는 느낌이다.

숲길을 벗어나니 해안가 작은 마을이 나타난다. 마을에 도착하니 배꼽을 잡고 웃고 있는 몇몇 사람이 보인다. 다가가 보니 하얀 돼지 한 마리가 꼬리를 치며 웃고 있는 모습을 보며 웃고 있는 것이다. 이 섬은 사람도 동물도 모두모두 웃는 모습이다. 이곳 사람들은 우리가 나이 들어 은퇴하면 시골로 내려가 조용히 살고 싶은 소망대로 현재를 살고 있는 듯하다.

함께 이 섬에 내린 승객들 중 어떤 사람들은 바다를 품에 안고 서핑을 하기도 하고, 또 어떤 사람들은 파란 하늘을 날아오르는 패러글라이딩을 즐기기도 한다. 나도 그들처럼 서핑이나 패러글라이딩을 하고 싶은데 시간이 모자란다. 이럴 때는 "시간아 멈춰라!" 하고 외쳐보고 싶다.

리푸 섬에 있다 보니 몸이 하나라는 것이 아쉬웠다. 넉넉한 대자연의 품에서 따스한 황금빛 햇살을 받으며 짜릿한 해양스포츠를 즐기는

산 위에 올라 내려다보는 남태평양의 바다는 너무도 아름답다.

조킨 절벽 _
이 절벽의 언덕 위에는 노트르담 드 루르드 성당이 있다.

것은 얼마나 황홀한 일인가. 모든 욕망과 시간이 멈춘 듯 그저 보는 것만으로도 행복하다.

이곳에서는 "미세먼지는 나쁘니 바깥 활동을 자제해 주세요"와 같은 기상 캐스터의 말이 필요 없다. 숨 쉬는 것조차 편치 않은 한국에서 살다온 우리들에게 이곳은 천국이다. 이곳에서는 어떤 물음표도 느낌표로 바꿀 수 있는 것 같다. 복잡한 생각은 사라지고, 단순해진다. 천국도 이런 천국이 없다.

뉴칼레도니아!

넓은 바다와 정글 숲이 있다. 비는 새벽에만 잠깐 오고 낮에는 항상 맑은 하늘을 볼 수 있다.

사람들은 한때 사람이 거의 살지 않았던 이곳을 신에게 버림받은 땅이라고 했다. 그러나 이곳의 눈부신 쪽빛 바다와 울창한 숲은 시간이 흘러 온갖 동식물들의 천국이 되었다. 일 년 내내 아름다운 꽃들이 만발하고, 희귀한 동물들이 살아가고, 무지개가 하늘을 연신 수놓는다. 그리하여 어느새 이곳은 일 년 내내 관광객이 찾아오는 최고의 여행지가 되었다.

뉴칼레도니아! 이름도 아름답지 않은가. 혹여 뉴칼레도니아라는 이름을 버린다 해도 이곳의 아름다움은 변하지 않을 것이다.

아! 뉴칼레도니아!

아무리 불러도 대답 없지만 한없이 부르고 싶은 이름이다. 만약 뉴칼레도니아라는 이름이 없었다면 에덴동산이라고 부르고 싶다.

아무도 쳐다보지 않던 이 불모의 땅을 어떤 사람이 발견하였을까. 어떤 이가 열정을 갖고 포기하지 않고, 끓어오르는 꿈을 빛나게 했는지 궁금하다. 어쩜 세상이 변하고 풍요로워지다 보니 이곳이 더 각광받는 것일지도 모른다.

어떤 사람들은 첫눈에 반해 사랑하고 결혼했다고 말한다.

나도 그들처럼 첫눈에 반하여 뉴칼레도니아를 사랑하게 되었다. 키스하고 만지고 포옹하는 대상이 꼭 사람일 필요는 없지 않은가.

때로 사람은 사랑하여 결혼하고도 다투고 틀어져 이혼을 하거나 더 이상 사랑하지 않기도 한다. 뉴칼레도니아에 대한 나의 사랑도 마찬가지일 수도 있다. 하지만 나는 앞으로 오랜 시간 동안 뉴칼레도니아에 대한 사랑을 놓지 않을 자신이 있다.

그 증거로 이 섬이 마음에 들어 이곳으로 옮겨와 3대째 살고 있다는 사람을 만났는데, 그는 가족들이 이 섬에서 사는 것을 후회하거나 혹은 이 섬을 떠나고 싶다고 말하는 것을 단 한 번도 들은 적이 없다고 한다. 나도 그럴 것 같다.

시간을 보내면 보낼수록 이 섬은 매력적으로 느껴진다.

자동차, 핸드폰, 신문, 잡지, 아파트…… 보통 우리는 많이 가져야 행복할 것이라고 생각하지만 꼭 그렇지만은 않다는 것을 이 섬이 증명하고 있다. 얼마큼 가졌는지가 행복의 기준이라면 이곳 사람들은 모두 불행한 사람들일 것이다.

이렇게 첫눈에 뉴칼레도니아에 반했으니 그 감동을 느껴볼까?

나는 섬에 머물면서 내 두 눈에 아름다운 뉴칼레도니아를 한가득 담아 본다. 가슴 속 심장으로 뉴칼레도니아를 느껴본다. 몸과 영혼이 하나가 되어 이 섬에 녹아드는 기분이다. 이렇게 뉴칼레도니아를 느끼고 있으니 이 섬이 마치 내 것 같다. 비록 이 섬이 정말 내 것이 아니라 해도 지금 이 순간만큼은 내 것이다. 뉴칼레도니아는 내 꿈꾸던 곳, 바로 나의 이상향과 비슷하다. 나쁜 점은 눈에 띄지 않는다. 하긴 애써 뉴칼레도니아의 단점을 찾을 필요는 없다.

사랑하는 연인들이 서로의 단점을 찾기 시작하면 그 사랑은 식어가게 마련이다. 장점만 말하고 칭찬을 아끼지 않을 때 사랑은 견고해짐을 우리는 안다. 따듯한 사랑을 지속하기 위해서는 서로 간에 이런 노력이 더욱 필요하다.

어쨌건 현재로선 절대로 단점을 못 찾을 것 같지만 먼 미래에는 변덕스런 내 마음이 또 어찌 변할지는 나도 모른다. 그러나 지금 이 순간만큼은 진정한 사랑의 마음으로 이 섬의 좋은 것만 기억하겠다고 나는 결심한다. 이렇게 첫눈에 반한 뉴칼레도니아를 실망시키지 않겠다고 말이다.

내가 이 섬을 사랑하는 만큼 뉴칼레도니아도 나를 사랑할 것이라고

위 _ 리푸 섬의 해안도로
아래 _ 해변에서 바라본 남태평양의 바다

믿어본다. 나는 뉴칼레도니아 것, 뉴칼레도니아는 나의 것이라고 말이다.

뉴칼레도니아를 떠나야 할 때 나는 과연 쉽게 떠날 수 있을까?

마음은 이 섬에 두고 몸만 떠난다는 것은 말이 안 된다. 발길이 떨어지지 않는데 어떻게 떠날 수 있을까. 벌써부터 떠나야 할 생각에 마음이 아릿하다. 날개가 있다면 훨훨 날아서 언제든지 이 섬으로 오련만 현실은 그렇지 않다.

누군가는 '사랑한다면 무엇이든 못하겠는가'라고 말한다. 만약 내가 뉴칼레도니아를 사랑하는 마음으로 수시로 이곳을 찾는다면 사람들은 그럴 것이다.

'이렇게 먼 곳을 어떻게 자주 오나요. 뉴칼레도니아를 사랑한다고 해도 너무 맹목적이에요.'

사람들은 사랑을 이성으로 하는 줄 아나 보다. 사랑은 어차피 맹목적인 것인데 말이다. 계산된 사랑은 사랑이 아니라고 생각한다. 그리고 뉴칼레도니아를 사랑하는 것만큼은 맹목적이어도 좋다고 말하고 싶다. 어떤 방법도 불가능하다면 내 영혼만이라도 이 섬의 해변 야자수 나무 아래에 살며시 두고 떠나고 싶다.

이국적인 정취에 푹 빠져 있다 보니 어느새 배로 돌아갈 시간이다. 아쉬운 마음이 한가득이다.

뉴칼레도니아 리푸 섬에서의 하루는 눈 깜짝할 새에 끝나 버렸다.

이곳에서는 하루가 24시간이 아니라 단 2시간인 듯 빠르게 시간이 흘러간다. 섬의 아름다움에서 벗어나 크루즈선에 올라 방 안에 들어오니 벌써 저녁 시간이다.

EVERGREEN

GREETINGS FROM
PORT VILA
CRIMSON TIDE
15

바누아투 기항지에서 _ 현지인들이 크루즈 승객들을 환영하는 연주를 하기 위해 모여 있다.

여행 6일차

11월 11일, 오늘 하루 여행할 곳은 남태평양의 하와이라 불리는 바누아투이다. 바누아투는 과연 어떤 모습으로 나를 반겨줄까.

바누아투의 정식 명칭은 바누아투 공화국Republic of Vanuatu으로 이전에는 뉴헤브리디스 제도New Hebrides Is.라고 불렸다. 나라의 면적은 12,189㎢, 수도는 빌라Port-Vila이다. 이 나라의 인구는 28만 명 중 약 90%가 멜라네시아인이며, 프랑스인이 8%이다. 언어는 영어와 프랑스어 등을 사용하고, 종교는 인구의 80% 이상이 기독교를 믿는다. 현재 국민소득 세계 132위의 아주 가난한 나라로 1인당 국민소득은 3,172달러이다.

피지에서 서쪽으로 800㎞, 오스트레일리아에서는 동쪽으로 1,800㎞ 떨어진 곳에 위치하고 있다. 바누아투의 섬들은 일정하지 않은 Y자 형태로 남북 800㎞에 걸쳐 80여 개의 섬으로 흩어져 있다. 해안선의 길이가 2,528㎞에 달하며, 연평균 기온이 22~27℃이다. 수도 빌라 시내 뒤로는 해발 647미터의 높은 산이 우뚝 서 있고, 섬이지만 수많은 강줄기가 흐르고 있다.

아침 일찍 배에서 내리자 내 눈에 들어온 해변의 아름다움에 정신이 어질어질하다. 바누아투 해변의 아름다움은 마치 내가 신들의 영역에 들어선 듯한 착각을 일으킨다. 환상 그 자체다. 경험해 보지 않고서는 알 수 없는 아름다움이다.

눈앞에 시리도록 파란 바누아투의 바다가 펼쳐진다. 파란 바다 빛깔을 보고 있자니 이 빛깔을 온몸으로 뒤집어 쓰고 싶다. 신기한 것은 바닷물 빛깔이 아주 진한 파랑인데도, 손이 닿으면 투명하게 변한다는 것이다.

파도가 친다. 파도는 모래를 쓰다듬으며 내게 다가온다. 새파란 파도가 금빛 모래사장을 수놓다가 다시 지우고 사라지기를 반복한다. 나는 파도에게 그 놀이가 재미있다면 계속해도 좋다고 말해 본다. 내 말을 들었을까? 파도는 신이 났는지 내 발목을 간지럽힌다. '그래, 네가 좋다면 내 무릎까지 스킨십을 허락할게.'라고 파도에게 속삭인다. 아마 이곳을 떠나 우리나라로 되돌아간 후에도 지금 내 발목을 간지럽히는 파도의 터치가 그리울 것 같다.

꽃은 시들어버리면 덧없이 사라진다. 나에게 왔다가 하얀 포말로 사라지는 파도 역시 그러하다. 매번 다가오는 파도는 사람들의 눈에 모두 비슷비슷해 보이지만 그래도 매번 다르다. 파도는 사람들의 옷에 향기를 남기고 싶은가 보다. 파도는 마치 자신을 추억해 달라는 듯, 끊임없이 다가오고 부서지기를 반복한다. 파도의 소원대로 파도의 터치는 우리들 가슴속에 아름다운 추억을 남길 것이다. 파도도 그것을 알고 있다는 듯, 다시 내게 다가와 내 옷을 적신다. 몸으로 물에 젖은 옷을 느끼며 난 파도와 사랑놀이에 빠져들었다.

'파도야, 얼마든지 나에게 다가오렴. 너의 흔적을 남겨주렴. 나에게 너의 향기를 남겨주렴.'

파도가 나에게 다가오면 나는 도망가고, 내가 다시 다가가면 파도는 도망간다. 마치 사랑하는 연인들의 밀당처럼 말이다. '이런 재미난 밀당을 파도와 즐기다니' 하는 생각에 절로 미소가 지어진다.

나도 모르게 파도에게 말을 한다.

"파도야, 움직이렴. 들려주렴, 너의 파도 소리를!"

내 말에 응답하듯 파도는 출렁이며 바다를 연주한다. 내가 바다를 벗어날 때까지도 이 아름다운 연주는 쉼없이 계속된다.

파도와 장난을 치다 보니 어느새 옷과 신발이 모두 젖었다. 파도에 젖은 신발을 벗어 버리고, 젖은 바지 대신 수영복으로 갈아입는다.

그리고 바닷가를 거니는데, 사람들이 하얀 백사장을 걸으며 무언가를 계속 주워 담는다. 가만 보니 사람들이 줍고 있는 것은 산호 조각이

다. 나도 사람들을 따라 산호 조각을 주워 모았다. 산책하며 하나하나 줍다 보니 어느새 산호 조각이 한가득이다. 누군가 이런 내 모습을 보고 다가와서 말한다. 이곳의 산호 조각은 외부로 반출이 금지되어 있으며, 혹시나 위반하여 걸리는 경우는 일인당 벌금이 100만 원 이상이라는 것이다. 순간 나는 나의 무지를 탓한다. 아름다운 백사장의 산호를 개인적인 이기심으로 가져가려 한 것이다. 한두 개면 몰라도 수십 개의 산호 조각을 그득 채워 한아름 챙겨 가려 한 나 자신이 민망하고 부끄러웠다.

우리 사는 인생사에도 이런 일이 흔하지 않은가. 그닥 필요하지 않는데도 남들이 하니 나도 따라 하는 경우 말이다. 자연 속에 있어 아름다운 것은 자연 속에 있을 때 가장 좋다.

얼른 주워 모았던 산호 조각 모두를 새하얀 모래사장에 뿌려 자연으로 돌려보낸다. '우리네 삶도 이렇지 않나. 살아 있을 때 열심히 벌어 모았다가도 죽을 때는 결국 모두 두고 가지. 그런데도 사람은 돈에 매달려 아등바등 살아가는구나.' 하는 생각이 절로 드는 순간이었다. 바누아투의 자연이 내게 준 가르침이다.

바누아투는 태초에 신이 만들었던 아름다운 모습을 지금까지 고이 간직하고 있다. 아직까지 문명의 때가 덜 묻어 있어 더욱 신비로운 느낌이다.

게다가 이곳은 여러 가지 즐길 거리와 아름다운 풍광이 함께 있어서 힐링도 겸할 수 있는 곳이다. 산이면 산, 바다면 바다 모두 매력이 넘치는 섬이다.

남국의 분위기가 물씬 묻어나는 자연환경, 이국적인 분위기에서 드넓은 남태평양을 바라보며 산책하는 것은 너무나 멋진 경험이다. 원시의 자연 속을 거닐면서 환상의 섬을 마음껏 누리다 보면 어느새 시간을 잊게 된다. 아름다운 비경 속에서 낭만을 즐길 수 있으니 신선놀음이 따로 없다. 어디를 보아도 황홀한 풍경에 빠져드니, 이렇게 빠져들어도 되나 싶을 정도다. 몰디브를 비롯하여 수많은 섬을 가보았지만 이렇게 크고 아름다우면서도 다양한 것을 즐길 수 있는 곳은 이곳이 처음이다. 한국에선 볼 수 없었던 에메랄드빛 바다와 파란 하늘은 경탄을 금할 수 없다.

남태평양의 보석 바누아투는 몇 달 동안 롱 스테이Long stay를 하는 여행족이 많다고 한다. 자연 경관도 아름답고, 머무는 비용도 크게 들지 않는다고 하니, 아마도 바누아투는 롱 스테이의 천국이 아닐까 싶다. 몇 달 동안 이곳에 머무른다는 롱 스테이 여행족들이 부럽다. 몇 달씩은 아니어도 단 한 달만이라도 이곳에서 살 수 있다면 얼마나 좋을까.

하지만 사람의 행복은 비교할 수는 없는 것이니 생각을 바꿔본다. 몇 달 동안 롱 스테이 하는 여행족이 있는가 하면, 나처럼 여러 섬을 여행하는 사람도 있는 것이다. 나 자신에게 만족하자. 부러우면 진다고 하지 않던가. 그렇지만 내가 과연 이 섬을 쉽게 떠날 수 있을지는 나도 모르겠다.

식사 시간이 되었다.

식탁 위에는 바다에서 갓 잡아 올린 청새치와 나무에서 바로 딴 신선한 코코넛이 전부지만 신선한 맛이 일품이다. 냉동참치에 익숙한 나에게 이 단순한 식사 메뉴가 자연의 참맛을 그대로 알려준다.

하지만 원주민들이 먹는다는 특별식은 먹지 못하겠다. 빵 사이에 애벌레를 끼워서 먹는 것인데 현지인들이 우걱우걱 씹어 먹는 모습을 보니, 나도 모르게 온갖 인상을 쓰게 된다. 이 애벌레는 산호의 짝짓기를 도와주는 바다 곤충이라는데, 영양학적으로는 소고기보다 단백질을 10배 함유하고 있다. 더 놀라운 것은 이것이 고기란다. 한 마리가 꽤 비싸다는데 열 마리 정도를 빵에 넣어서 먹는다. 만족한 표정을 지으며 꿈틀거리는 애벌레를 먹고 있는 현지인의 모습은 놀라웠다. 이렇게 살아 있는 애벌레를 빵에 넣어서 먹는 이곳 사람들이 꿈틀거리는 산낙지를 먹는 우리 한국인들의 모습을 보면 어떻게 느낄까? 애벌레 샌드위치는 끝끝내 먹지 못했지만 다른 음식들은 입 안에서 살살 녹는다는 표현이 맞을 정도로 맛있다.

게다가 애벌레 덕분에 바닷속 산호가 어떻게 번식하는지도 알게 되었다. 산호도 사람처럼 짝짓기를 해야 후손을 번식할 수 있다고 한다.

참으로 음양의 조화는 대단하다. 순간 궁금해진다. 번식은 세상 모든 살아 있는 것들의 욕망일까, 순리일까.

맛있는 것일수록 많이 먹으면 금방 질린다. 아름다운 것도 그렇다. 그런데 나는 아직 배고픈 모양이다. 시간이 갈수록 남태평양의 음식과 경치와 사람들에게 점점 더 끌린다.

이제 본격적으로 바닷속을 체험할 시간이다.

산소통을 메고 입수하는 스쿠버다이빙으로 깊은 바닷속을 보고자 한다. 10미터 정도 잠수해서 들어가니 순간 거대한 물고기가 눈앞에 나타난다. 만타레이Mantaray, 쥐가오리다. 이 거대한 물고기가 이곳에 있다니 감동이다. 일정한 간격을 유지하며 2미터도 넘는 거대한 만타레이와 유영하는 감동은 경험해본 사람들만 알 것이다. 이제 만타레이와 헤어져 산호초 사이로 이동한다. 한참을 바닷속 멋진 풍경에 취해 있는데 문득 죽을 듯한 답답함이 느껴진다. 얼른 수면 밖으로 나와 배에 오른다. 아무래도 스쿠버다이빙은 나와 잘 맞지 않는 모양이다. 바닷속 아름다움에 빠져 질식할 때까지 감상하고픈 치명적인 유혹을 견딜 자신이 없다. 나는 무거운 산소통을 벗어 던지고 스노클링을 하기로 결정한다.

현지인의 안내로 스노클링을 하기 좋은 포인트로 이동한다. 현지인은 이 스노클링 포인트 근처에서 한국 사람이 몇 년 살다가 돌아갔다

남태평양 바다의 산호와 열대어, 거북이

위 _ 몇 년 동안 한국 사람이 살았다는 나무 집
아래 _ 바누아투 해변에서 즐기는 스노쿨링

고 얘기한다. 나무 위에 집을 짓고 혼자 살았다는데 김○○라며 이름까지 댄다. 그는 왜 다시 한국으로 돌아갔을까? 이 아름다운 곳에서 그는 외로웠던 걸까? 이 섬의 아름다움도 그의 외로움을 채워주지는 못했나 보다.

스노클링 포인트로 이동하는 중에 해변가 한쪽 편에 서 있는 초호화 별장들이 눈에 띈다. 이곳에서도 가난한 자와 부유한 자가 나뉘는가 보다.

좀 더 걷다 보니 어느 상점 앞에서 원주민이 코코넛 오일을 만드는 과정을 보여주고 있다. 코코넛 잎으로 바구니를 만들어서 손님들에게 건네주고, 열매로는 코코넛 오일을 만든다. 마침 원주민이 내게 바나나를 건네준다. 나는 바나나를 간식 삼아 먹고 다시 바다로 향한다. 눈앞의 민트빛 바닷물이 페퍼민트 음료수 같아 한 잔 떠 마시고 싶은 충동이 든다.

마우스피스를 입에 물고 다시 바다로 들어간다. 바다 저 아래에는 여객선인지 군함인지는 알 수 없는 거대한 침몰선이 잠들어 있다. 배를 은신처 삼아 형형색색의 물고기들이 숨바꼭질을 한다. 푸른 바다와 침몰선, 바다를 수놓는 열대어의 조화가 장관이다.

침몰선에는 세월의 흔적이 그대로 남아 있다. 침몰선 안에는 그 당시에 사용한 것으로 보이는 쟁반과 접시 등이 남아 있다. 대왕조개가 심심했는지 그 접시들을 물고 있다. 바닷속은 우리가 사는 육지보다 훨씬 더 넓은 미지의 세계다. 잠수해 들어가니 바다목장이 넓게 펼쳐져 있는 것을 볼 수 있었다. 마치 푸른 초원과 같다.

오전은 바다에서 시간을 보냈으니, 오후에는 포트 빌라 시내를 다녀 보려 한다. 택시를 타고 시내 중심가로 이동한다. 차에서 내려 시내 면세점, 은행, 우체국, 카페, 약국, 마켓 등을 둘러본다.

내가 본 포트 빌라 시내는 슬펐다. 50년 전 가난했던 우리나라와 비슷한 모습이다. 시내 어딜 가나 가난이 빼곡하게 쌓여 있다. 신기한 것은 어느 빈민국 사람들보다도 더 못한 차림을 한 현지인들이 늘 웃고 있다는 것이다. 까만 피부에 붉은 잇몸을 드러내며 웃고 있는 이곳 현지인들을 보자니 차라리 화내는 모습을 보는 게 낫겠다는 생각이 든다. 웃지 않으면 무슨 큰일이라도 당하는 것일까, 아니면 모두들 웃는 병에 걸린 것일까. 거지꼴로 웃고 있는 모습이 천국을 흉내 내는 것 같아 보는 마음이 편치 않다. 이런 바누아투 사람들의 모습이 불편하다면 내가 편협한 걸까? 이곳 사람들은 대체 행복이 무엇인지 알기나 할까?

안타까운 마음에 이 서글픈 도시 어딘가에도 반드시 신은 있을 테지 하는 생각이 든다.

내 기대와 달랐던 시내투 어를 마치고, 택시를 이용하여 크루즈선으로 돌아간다. 오늘 밤은 기분전환을 위해 크루즈선의 각종 혜택을 누려야겠다고 마음먹는다.

우선 다이닝 룸에서 폼나게 저녁 식사를 하기로 한다. 늘 저녁 식사를 함께하는 오스트레일리아인 부부와 오늘 밤도 함께이다. 이 부부 덕에 우리 부부의 크루즈 여행은 더욱 즐거워졌다. 언어가 달라 대화가 통하지 않을 때도 있지만, 그럴 때는 종이에 글을 써가며 서로 소통한다.

크루즈 여행에서 영어회화는 필수이다. 영어가 능숙하지 않다면 불편한 것이 한두 가지가 아니다. 나도 이에 대비하여 만반의 준비를 했지만, 가끔은 도통 무슨 말인지 알아듣지 못하는 상황도 발생한다. 특히 코미디 프로나 토크 쇼 등을 볼 때는 언제 웃어야 할지 타이밍을 잡기가 어렵다.

저녁 식사 후, 나와 아내는 선상에서 하는 야간 댄스파티장으로 향한다. 남태평양의 밤바다에서 열리는 선상 댄스파티라니 너무나 환상적이지 않은가. 크루즈 여행이 아니었다면 꿈꾸지 못했을 시간이다.

위 _ 바누아투의 아이들과 함께

아래 _ 바누아투 포트 빌라 시내의 시장에서

위 _ 바누아투 학생들의 모습

아래 _ 바누아투 포트 빌라 시내의 버스 정거장

위에서부터 _
포트 빌라 시내의
우체국, 시장, 은행

여행 7일차

오늘은 하루 종일 배로 이동하는 날이다. 배는 피지의 포트 데나라우Port Denarau로 향하여 바다를 내달리고 있다.

피지에 도착하기 전, 피지에 대해 이것저것 알아본다.

피지의 정식 명칭은 피지공화국Republic of Fiji이며, 해안선의 길이는 1,129㎞이다. 330여 개의 섬으로 이루어진 도서국가로, 면적은 우리나라 면적의 5분의 1 크기인 18,274㎢이다.

인구는 95만 명으로, 수도는 수바Suva이다. 인구 중 피지인은 54.8%, 인도인은 37.4%, 기타 민족이 7.9%이다. 공용어로 영어를 사용하면서 피지어와 힌두어도 함께 사용한다. 종교는 기독교 52%, 힌두교 40%, 나머지는 이슬람교를 믿는다.

남태평양의 교통요충지로서 주요한 위치를 차지하고 있으며, 기후는 동남 무역풍 영향의 고온다습한 열대해양성 기후이다.

사탕수수가 전체 수출의 60%를 차지하며, 관광산업을 근간으로 경제를 유지하고 있다. 2016년 현재 1인당 국민소득은 4,600달러로 세계 97위 수준이다.

피지에 대해 이것저것 알아본 후 객실을 나선다.

오늘은 어차피 하루 종일 배에 머무는 날이어서 크루즈 내의 여러 시설을 마음껏 이용해 보려 한다. 크루즈 내에 갖춰친 운동 시설을 이용해 볼링, 당구, 탁구 등 여러 가지 운동을 한다. 운동을 끝내고 아내와 함께 크루즈에서 하는 피아노 연주회에 참석한다. 바다 위를 달리는 배 위에서 느긋하게 음악을 듣고, 점심을 먹는다.

오후 시간은 피트니스 센터에서 운동을 좀 더 하고, 영화관에 들러 영화 한 편을 본다. 온종일 배 안에 있어도 즐길 수 있는 것들이 많아 지루하지 않다.

시간은 잘도 흘러가 어느새 저녁 시간이다. 우리 부부는 자주 어울리는 호주 부부와 함께 다이닝 룸에서 식사를 하며 대화를 나누었다. 즐거운 대화가 오고가다 보니 어느덧 3시간이 흘렀다.

크루즈에서 바라본 일몰

작지만 아름다운 울랄라 섬

여행 8일차

오늘 도착한 곳은 피지의 포트 데나라우이다.

나와 아내는 선택 관광으로 울랄라Oolala 섬에 가기로 한다. 이 선택 관광은 8시간 동안 섬에서 시간을 보내는 코스다. 섬이 얼마나 작은지 멀리 떨어져 섬이 보이는 위치에 모자를 올려놓으면 섬이 가려서 보이지 않을 정도다.

작은 유람선을 타고 이동하여 울랄라 섬에 내린다.

이제 바다만 보면 버릇처럼 스노클링을 시작한다. 웨이브로 잠수를 하여 바닥을 살핀다. 바다 아래에는 내 몸만 한 크기의 조개도 있고, 나보다 훨씬 더 큰 가오리가 이곳이 자기 영역이라는 듯 유영한다. 가오리는 바닥에 있는 먹이를 입으로 흡입하여 먹는다. 가오리가 나를 빨아들이기에는 내가 너무 크지만 가오리의 꼬리에 있는 침에 찔리면 매우 아프다고 한다. 만약을 위해 허리에 찬 호신용 칼을 한 개 꺼내든다. 물고기를 죽이기 위해서가 아니라 혹시 모를 위험으로부터 나 자신을 보호하고 싶어서다. 거대한 물고기들이 내 옆을 천천히 지나간다. 물고기들은 내가 잡아먹지 않을 것이라는 믿음이 있는가 보다. 하지만 언제 내 마음이 변해서 칼을 휘두를지는 나도 모르는데 물고기들은 천연덕스럽기도 하다.

거북이가 여유를 뽐내며 느릿느릿 내 옆을 지나가는 모습에 나도 모르게 웃음을 터뜨렸다. 순간 바닷물이 입으로 들어온다. 이럴 때 당황하면 안 된다. 침착하게 일단 수면 위로 올라와 입 속의 물을 뿜어낸다. 스노클링은 입으로만 호흡을 해야 하는데, 스노클링 중간에 답답하다고 마우스피스를 벗어버리면 더 곤란한 일이 발생할 수 있다. 때문에 마우스피스를 벗지 말고 물 위로 올라가 물을 뱉어내는 것이 좋다.

여기 바다에도 상어가 있다. 내 몸보다 조금 작은 것들이어서 그나마 안심이다. 가이드는 스노클링 경계선 내에서는 책임질 것이니 염려 말고 스노클링을 하라고 하는데 과연 내가 상어에게 물려 죽으면 어떻게 책임질 것인지 알 수 없다. 가이드가 알려준 경계선 안쪽에는 작은 열대어들로 가득하다. 크라운 피쉬, 흰동가리와 같은 예쁘고 화려한 작은 물고기들이 헤엄치고 있다.

가이드는 우리에게 절대로 경계선 밖으로 나가지 말라고 여러 번 경고한다. 하지만 사람은 모름지기 하지 말라는 것을 할 때 더 큰 재미를 느낀다. 나는 가이드의 경고를 개의치 않고 5미터 정도 더 깊은 곳으로 들어간다. 대서양에 갔을 때 보았던 콩크 조개Conch Shell와 비슷한 것이 바닥에 여러 개 보인다. 어쩌면 내 생각과 달리 소라일지도 모르겠다. 정체가 무엇인지 확인하고 싶어 장갑을 낀 손으로 한 개 집어보려는데 하얀 색과 검은 색의 거대한 물고기가 내 주위를 맴돈다. 일순 공포감이 몰려와 얼른 물 밖으로 나왔는데 가이드가 언성을 높인다.

가이드 말로는 경계선 밖은 길이 1미터가 넘는 화이트 팁 샤크White Tip Shark와 블랙 팁 샤크Black Tip Shark 가 있는 위험한 곳이라며 내가 규칙을 위반했다고 영어로 혼을 낸다. 나는 가이드의 말을 못 알아듣는 척하며 일부러 다른 곳을 본다. 그래도 상어에 물려 죽지 않고 살아 돌아왔으니 괜찮지 않나, 결과가 좋으면 다 좋은 것 아니냐며 슬쩍 변명을 해보지만 내가 잘못한 것은 맞다.

배에서 내려 밀가루를 뿌려놓은 듯 하얀 산호 해변을 거닐며 주위를 둘러본다. 몇몇 사람들이 산호 머드팩을 하고 피부 마사지를 받고 있다. 다들 행복한 표정이다.

해변 모래사장에는 수많은 새들이 보인다. 태평양에 사는 새들은 이렇게 작은 섬에서도 쉬어 가는 모양이다. 모래사장에 모래보다 새들이 더 많은 듯하다. 이 해변에 새들이 없다면 이 작은 섬이 조금 더 크게 보일 것 같다. 이곳 바다는 산호초가 우거져서 물고기가 많아 새들

위 _ 어떤 색깔의 카약을 선택해서 바다로 노 저어볼까.
아래 _ 울랄라 섬에서 타보는 카약.

울랄라 섬의 아름다운 해변

이 많이 오는 것일지도 모른다. 아니면 우리 사람들처럼 새들도 이곳으로 휴양을 오는 것일까.

다 같은 남태평양의 섬인데 이곳은 또 다른 세상이다.

사랑하는 연인들도 처음에는 봄날이지만, 결혼하고 나면 겨울이 된다고 한다. 날씨처럼 사람도 계절을 타나 보다. 울랄라 섬은 연인처럼 사랑스럽다. 아직 이 섬과 결혼을 하지 않아서인지 매순간이 설렘이고 연인 같다. 나는 종종 세계 135개국을 여행했다고 자랑했는데 이 섬을 보고 나니 실수를 한 것 같다. 단 한 곳을 여행했더라도 진짜를 경험했다면 그것이 최고의 여행일 것이다.

다행히 나는 크루즈 여행을 통해 남태평양의 천국 뉴칼레도니아, 피지, 바누아투를 여행했으니 여한이 없다는 생각도 든다.

여행을 할 때는 내가 가는 그 여행지를 사랑해야 한다. 이성적으로 따지고 재는 사랑이 아닌, 어느 정도 바보가 되어야 그곳을 더 깊이 느껴볼 수 있다. 그런 의미에서 바보란 좋은 것이다. 오늘 나는 남태평양 울랄라 섬의 바보가 되어보려 한다.

우리가 살아가는 세상에서 만나는 사람들 중에는 겉과 속이 다른, 외모는 번지르르하지만 속은 냉정한 사람도 많다. 하지만 이곳 울랄라 섬은 외모도 보석이고 그 속도 보석이다. 신은 어떻게 이 섬을 속과 겉이 모두 아름다운 모습으로 만들어 놓았을까. 인간보다 더 잘 만든 섬인 것 같다.

이 섬에서는 어떤 상처를 받아도 이해하고 용서할 수 있을 것 같다. 설령 모든 게 무너지고 부서져 이곳에서 죽는다 해도 말이다. 용서라니 말도 안 된다며 덧없는 행위라고 비난당할 수도 있을 것이다. 하지만 어차피 인생이란 덧없는 것, 다 지나가는 것 아니던가.

이 섬의 아름다움은 세월이 아무리 흘러도 변치 않을 것 같다. 이곳에서는 무엇을 해도 어울린다. 걸어도, 뛰어도, 웃어도, 춤을 추어도, 먹고 마시고 떠들어도 섬의 아름다움이 모든 것을 포용해준다. 모든 허물을 덮어주고 아름답게 만들어준다.

나도 이 섬처럼 아름다운 모습으로 늙어갈 수 있을까. 세월이 흘러도 변치 않을 섬의 아름다움에 괜히 샘을 부려 본다. 질투는 아니다. 부럽다는 말이 맞을 것이다. 질투는 사람의 마음을 헤집고 타인을 희생물 삼아 나 자신을 스스로 농락하는 것이기 때문이다. 울랄라 섬이 왜이리 아름다운지 이유는 모르겠다. 아마도 답은 울랄라 섬이기 때문에 아름다운 것이라 할 수 있겠다.

올챙이는 자라서 개구리가 된다. 아무리 큰 개구리라 해도 올챙이였던 시절이 있다. 그렇다면 울랄라 섬은 원래 무엇이었을까. 여하튼 내가 이곳에 온 이상 둘 중 하나를 선택해야 한다. 울랄라 섬의 경관과 하나가 되어 즐기며 놀든지, 이 아름다움에 푹 빠져 눈 멀고 귀 먹어 멍하니 바라보고만 있든지.

가자! 체험이 주는 교훈만큼 확실한 것이 없다고 하지 않는가. 체험하고 느끼며 오늘도 최고의 하루를 보내고 싶다.

오늘은 무엇에 몸과 마음을 빼앗길까 잠시 행복한 고민에 빠진다. 울랄라 섬에서의 이 행복이 어떻게 나에게 다가왔을까, 무슨 사연이 있을까. 누군가 나를 위해 기도해준 덕분일까. 내게 주어진 행복을 나누어야겠다는 생각이 든다.

잠시 하늘에서 비가 내려 온 대지를 적신다. 단비를 싫어하는 동식물은 없을 것이다. 단비가 대지를 적시듯, 나 역시 나보다 어렵고 가난한 이들에게 단비가 되어야겠다. 나눔은 억지로 하는 것이 아니라 사랑의 마음으로 스스로 하는 것이리라. 나는 운 좋게도 아름다운 울랄라 섬에서 이렇게 즐기고 있지만, 이런 상황을 꿈도 못 꾸는 사람들도 많을 것이다. 어쩜 신은 내게 나눔에 대한 일깨움을 주려고 나를 이곳까지 안내한 것이 아닐까.

기쁨의 삶이 아니면 나눔을 실천하려는 배려나 의도는 일어나지 않는다. 부정적인 감정에선 무엇도 일어나지 않는다. 아픔 속에서 우울한 마음으로는 누군가에게 사랑을 전하고 베풀 수 없는 것이다. 울랄라 섬에서 느끼는 행복이 내게 많은 가르침을 주고 있다. 오늘 내가 머문 울랄라 섬은 삶의 교과서이자, 사람을 교화시키는 전당이다. 그래서 이 섬이 이토록 아름다운가 보다. 이곳에 오기 전까지 내 마음 속에는 무수한 입이 있었다. 이 입에서 이 말 하고, 저 입에서 저 말을 하며 각자의 입들이 서로 책임지지 못할 말들을 쏟아냈다. 그러나 이제 내 안의 수많은 입들을 없애고 하나의 입에서 나오는 진심을 말해야겠다. 신이 계신다면 기뻐하실 만한 일을 숨어서 해야겠다는 결심을 한다. 베풀고 사랑하고 도우면서 다 함께 동행하고 즐기는 삶을 영위하도록 말이다.

돈에 매달리는 삶은 독보다 더한 것을 마시는 것과 같다. 돈을 좋아하는 것은 사회인으로 살기 위해 어쩔 수 없다지만 돈이 삶의 위안이 될 수는 없다는 것을 알면서도 벗어나지 못하고 있다면, 그것은 자신의 책임이다. 예를 들면 담배가 몸에 해롭다는 것을 알면서도 끊지 못하는 것과 같달까.

함께 울랄라 섬에 머물고 있는 사람들의 얼굴에 웃음이 가득하다.

이곳에서는 울 이유가 전혀 없기 때문이다. 하지만 세계의 다른 어디에선가는 울고 있는 이들이 있을 것이다. 함께 나누면 세상 모든 사람들이 충분히 먹고 살 수 있는데 부의 편중으로 세상 어느 곳에서는 사람들이 굶어죽고 기아에 허덕인다. 머릿속 마음 아픈 생각과 정반대인 울랄라 섬의 모습을 보고 있자니 내가 지금 울어야 할지 웃어야 할지 모르겠는데, 입은 절로 웃고 있으니 일단은 웃어야겠다.

이런 고민들 모두 울랄라 섬 때문이라며 괜히 이 섬을 탓해 본다.

클레오파트라의 코가 좀 더 낮았더라면 세상은 바뀌었을 것이라는데, 이곳이 조금만 덜 아름다웠다면 이 세상이 바뀌었을까. 여기 온 사람들은 행복을 몰고 온 사람들인 모양이다. 슬픔은 집에 두고 왔나 보다. 이 행복 뒤에 어떤 슬픔이 있었다면 저렇게 행복한 웃음을 보일 수는 없을 것이다. 나도, 그들도, 울랄라 섬의 사람들도 모두 웃는 이곳은 미소 천국이다,

불행은 무거워서 사람을 숨 쉬지 못하게 한다. 하지만 행복은 그렇지 않다. 행복은 억누를 수가 없어 있는 그대로 행복을 터뜨리는 수밖에 없다. 지금 이곳에 온 사람들처럼 입이 귀에 걸리도록 웃음이 나오는 것을 나 역시 참을 수 없다. 터져나오는 행복을 가득 담아 웃어본다.

이런 곳에서 남을 의식할 필요는 없다. 터질 듯 행복한 마음을 마음껏 표현해도 아무도 탓하지 않는다. 너도, 나도, 우리도, 모두 행복하기 때문이다.

고민 걱정이 많으면 괴로움에 잠을 자지 못한다. 이곳에서도 잠을 자지 못한다. 다만 그 이유가 다를 뿐이다. 너무나 행복하고 즐거워서 기쁨에 넘쳐서 잠이 오지 않는 것이다.

해변을 다시 걷다가 점점 바다로 걸어 들어가 본다. 무릎까지 바닷물이 넘실댄다. 이 행복의 섬에서는 아름다운 일만 있을 것 같다. 바다에서 식인 상어나 독해파리, 바다 악어가 날 덮칠지도 모른다는 상상은 되지 않는다.

사실, 공포란 것이 실체를 알기 전 미지의 것을 상상할 때 더 무섭

위 _ 울랄라 섬에 왔다는 인증샷을 남길 수 있는 곳이다.
아래 _ 바다 밑을 대리석으로 깔아 놓은 듯하다.

이 섬에서는 아무것도 하지 않아도 자유롭다.

지 않은가. 문득 '죽어도 좋아'라는 영화 제목이 생각난다. 이곳에서 생을 마감한다면 멋있을 것이다. 어차피 누구나 한 번은 죽는다. 죽음을 두려워할 바에는 웃으면서 죽을 수 있는 최적의 장소를 찾는 편이 좋을 것이다. 이 생의 단 한 번의 죽음을 이런 아름다운 장소에서 맞이할 수 있다면 최고일 것 같다. 그런 면에서 이 섬은 죽기에 딱 좋은 최고의 장소이다.

나는 점점 더 바다를 향해 걸어 들어간다.

무릎을 적시던 바닷물이 어느새 내 목 근처에서 출렁임을 느끼면 가만히 서 본다. 이대로 가만 있는 이유는 이렇게 있어도 별 문제가 없다는 확신이 들어서이다. 아마 모래사장에 누워 있는 사람들의 눈에는 내가 아주 작게 보일 것이다. 어쩌면 그들은 나를 물 위에 떠 있는 작은 물건으로 볼 지도 모르겠다. 무엇이든 어디에서 보느냐에 따라 작게 보일 수도 있고, 크게 보일 수도 있다. 각자 보는 관점의 차이라지만, 무엇인가를 판단하는 사람들의 고정관념이란 그렇게 무섭기도 하다.

몸으로 느껴지는 파도가 좋다. 마치 마사지를 받는 느낌이다. 이런 상태에서 해일이나 태풍이 몰려온다면 나는 그대로 휩쓸려 갈 것이다. 하지만 나는 안다. 약한 바람과 평온한 바다가 지속될 것이라는 것을…. 허나 하늘에서 내려다보면 나는 우물 안 개구리가 아닐까? 아는 것도 별로 없으면서 아는 체하는 작디작은 존재이다. 하늘을 보면서 '지금 제 마음을 이해해 주세요'라고 말해 본다.

한동안 바다에 그렇게 머물다 배고픔에 모래사장으로 나온다. 준비된 바비큐와 과일 등으로 배를 채우고 나니 다시 바다가 그립다. 나는 울랄라 섬에서의 8시간 동안 푸른 바다에서 수영을 하거나 하얀 모래사장에서 누워 쉬거나 배고프면 다시 배를 채우기를 반복하며 시간을 보냈다.

오후에는 난디 공항Nadi International Airport, 피지의 비치레부 섬의 국제공항 근처로 이동한다. 이동하는 길에 섬을 둘러싸고 있는 맹그로브 나무들이 보인다. 맹그로브 나무는 사계절 잎이 푸른 관목이나 교목을 일컬으며, 열대나 아열대 기후의 해안이나 하구의 해수海水, 바닷물 혹은 담해수담수(淡

피지 해변의 맹그로브 숲

水)와 해수(海水)가 섞인 바닷물가 흐르는 조간대간조 때는 땅이 드러나고 만조 때는 땅이 물에 잠기는 연안의 일부 지역의 진흙땅에서 자란다. 또한 맹그로브 나무는 뿌리를 통해 공기를 호흡하기 때문에 항상 뿌리의 일부가 마치 문어 다리처럼 수면 위로 노출되어 있다.

맹그로브 나무는 특이한 번식법 때문에 '새끼를 낳는 나무'라고도 불린다. 이 나무는 주로 해안선 근처의 수면에서만 자라는데, 나뭇가지 가장자리에 있는 '주아propagule'라 불리는 작은 나무를 만조 때 바닷물에 떨어뜨려 번식한다고 한다. 이렇게 떨어진 새끼 나무는 그 자리에 뿌리를 내려서 다시 자란다는데 흙에서 자라는 나무만 보던 입장에서는 신기하게 느껴진다.

까만 얼굴의 아이들이 바닷가에서 빈손으로 놀고 있다. 거리에는 옷차림도 변변치 않은 채 제대로 잠잘 곳조차 없는 사람들이 넘쳐난다. 그와 반대로 휴양지에는 힐튼 호텔 등 멋들어진 5성급 호텔이 즐비하고, 이 섬을 즐기러 온 여행자들의 여유로 넘쳐난다. 이곳 역시 빈부 격차가 뚜렷이 느껴지는 나라다.

이곳은 자동차의 운전대 위치가 우리나라와 달라서 뒷자리에서 앞쪽을 보고 있자면 많이 헷갈린다. 택시를 타고 크루즈선까지 돌아올 때, 앞에 앉은 운전기사가 마치 역주행을 하는 듯한 착각이 들어 마음이 내내 편치 않다.

행복한 생일 파티

오늘은 음력 10월 13일, 양력으로는 11월 12일 토요일, 실은 오늘은 나의 생일이다. 그래서 밤에는 프린세스호에서 나의 생일파티를 열어준다고 한다. 설레는 마음으로 다이닝 룸으로 향한다. 나의 생일파티를 위해 다이닝 룸에는 여러 사람들이 모여 있다. 나를 둘러싸고 사람들이 생일 축하 노래를 불러준다. 행복한 마음으로 사람들의 축하를 받으며 생일파티를 즐기다 보니 어느새 하루해가 저문다.

크루즈 15층 갑판에 앉아 기항지를 바라보고 있다.

여행 9일차

오늘은 11월 13일 일요일이다.

오늘의 기항지는 피지Fiji의 수도 수바Suva이다.

수바는 피지 제도의 주 섬인 비티레부Viti Levu 남동쪽에 있는 근대적인 항만 도시다. 수바는 인구가 20만이나 되는 곳으로 영화같이 멋진 장소가 많기로 유명하다.

오늘은 정글 투어를 가기로 한 날이다. 정글로 가는 길에 가축 우리가 많이 보이는 걸로 봐서 이 나라는 축산업이 발달한 모양이다. 그런데 가축들은 보이지 않고 사람들만 들락거린다. 이곳의 모습은 우리나라의 60년대 풍경과 비슷하다.

검은 얼굴에 흰 이빨을 드러내며 천진한 미소로 우리를 향하여 "울랄라" 하고 외친다. 울랄라는 영어로 'How are you'라는 뜻으로 우리나라 말로 '안녕하세요'와 같단다.

피지는 빈부의 격차가 큰 나라이다. 버스로 한 시간가량 이동하는 동안 보이는 폐허 같은 움막이 실제 사람들이 사는 집이라고 하여 놀라웠다. 신은 인간에게 아름다운 풍경과 부유함을 동시에 다 주지는 않는 모양이다.

버스를 타고 지나가며 보이는 도시의 풍경이 한가하다. 서양인에게 박해를 받아서인지 주민들 대부분이 신자라는데도 시내에 교회는 거의 보이지 않는다. 마을 근처에 있는 공동묘지가 마을 풍경을 이채롭게 한다.

버스는 우리를 아트 빌리지에 내려준다.

아트 빌리지에서는 옛 피지인들의 생활상을 볼 수 있고, 불 쇼와 전통 민속 공연을 볼 수 있다.

민속 공연을 보다 보니 이곳의 원주민이었던 식인종들의 아픈 과거를 보는 것 같아 속상하다. 연극 공연에서 원주민이 적군을 잡아먹는 모습을 보이며, 관람객들에게 적군의 시체로 샌드위치 만들어 주겠다고 말한다. 공연 관람 후, 점심시간이다. 누군가 고기를 먹으며 "혹시 이 고기가 원주민의 살점이 아닐까" 농을 던지자 다들 웃음을 터뜨린다. 점심 식사가 끝나고 강가로 이동한다.

강가에는 정글투어를 하기 위한 작은 배들이 있다. 배를 타고 강을 거슬러 올라가는 것이 정글투어의 시작이다. 배를 타고 강을 오르면서 계곡 안에 흐르는 강물의 깊이가 상당하다는 것을 알 수 있다. 이

아트 빌리지의 모습

아트 빌리지에 만발한 연꽃

아트 빌리지에서 하는 전통 민속 공연과 불 쇼.

계곡에는 다양한 종류의 동식물들이 살고 있는 것 같다. 물수리, 황새, 물새를 비롯하여 나무에서 나무를 포물선을 그리며 옮겨 다니는 여러 동물들이 많이 보인다. 미국 마이애미에서 여행을 왔다는 어떤 사람이 자기는 조류 감상이 취미라며 다른 사람들에게 새들의 이름을 알려주며 설명한다. 그는 쉴 새 없이 손가락을 옮기며 오색 앵무새, 수리, 왕관비둘기, 붉은 코뿔새, 호금조, 금강 앵무새 등의 새 이름을 말한다. 그가 알려준 새의 이름이 정확한지는 모르지만 계곡 안의 새들이 아름답고 신비로운 것은 사실이다.

우리의 머리 위로는 새들이 날아다니고, 아래 강물에서는 물고기가 튀어올라 배 옆을 스치며 물을 튕긴다. 배로 30분 정도 이동하다가 하선하여 걷기 시작한다. 강가의 돌들이 보석처럼 반짝거린다. 돌들이 수정같이 맑고 빛나는 것이 마치 보석이 박힌 것 같은데 이곳에선 이런 돌이 흔해서인지 다들 관심이 없다.

어느 정도 걷다 보니 어디선가 천둥 치는 소리가 들린다. 거대한 폭포가 산속에 숨어 있다. 누가 먼저랄 것도 없이 환호하며 물속으로 뛰어들어 아름다운 풍광과 하나가 된다. 새파란 물이 튄다. 마음까지 상쾌해지는 폭포다. 동화 같은 환상적인 분위기에 취해 폭포에서 떨어지는 물을 마셔 본다. 마치 생명수 같다. 이 폭포에 누가 닥터피시를 가져다 놓았을까. 발가락 사이로 파고드는 물고기의 간지럼으로 사람들이 깔깔대며 웃는다. 이 폭포의 웅덩이 물은 담청색, 청옥색으로 남태평양의 바다를 닮았다. 낙원이다.

내려오는 길에는 래프팅을 한다. 강줄기를 따라 내려오며 물폭탄을 뒤집어써도 다들 신이 나서 환호성을 지른다. 점점 사람들의 열기가 더해진다. 이래서 정글투어가 재미있는가 보다.

래프팅을 끝낸 후, 뗏목으로 갈아탄다. 나무로 만든 전통 뗏목은 노를 저어 주는 사공이 따로 있어 여행객들은 편하게 앉아서 아름다운 풍광을 즐기기만 하면 된다. 이 얼마나 여유로운 신선놀음인가. 어느 쪽을 바라보아도 영화 속 풍경 혹은 한 폭의 수채화 같다. 마치 동화 속에 들어온 느낌이다. 이곳에선 스트레스를 느낄래야 느낄 수가 없다. 엔돌핀이 무한충전된다. 뗏목에 탄 여행객들의 얼굴에 웃음이 가득하다.

현재 기온이 영상 30도라는데 볼을 스치는 신선한 공기에 절로 기분이 좋아진다. 맑고 깨끗한 자연이 펼쳐진 파라다이스는 놀라움의 연속이다. 계곡 깊숙한 곳까지 들어가 더욱 더 멋진 풍광과 마주할 수 있는 것은 뗏목 래프팅뿐인 듯하다. 울창한 숲과 신비로운 강을 따라 내려오면서 짜릿한 쾌감에 온몸에 전율이 일어난다. 흐르는 물의 양이 많아서 물소리가 우렁차다. 흐르는 강물이 바위를 깍아 열대우림 속을 조각박물관처럼 만들어 놓았다. 뗏목은 강물을 따라 바다 쪽으로 유유히 흘러 내려간다.

원시의 자연 풍광이 내 가슴을 파고든다. 자연이 만든 청정 놀이터에 감탄하며 진정한 감동을 느낀다. 사람이 만든 인위적인 볼거리보다 자연이 보여주는 풍광은 더 화려하고, 더 유혹적이다.

만약 당신이 쉼과 위로가 필요하다면 망설일 필요 없이 남태평양으로 떠나라.

뗏목이 해변에 도착하자마자, 나는 총알보다도 빠르게 바다로 뛰어든다. 10분 정도 수영을 하다가 야자수 그늘에 앉아 쉰다. 해변에 거대한 거북이 한 마리가 보인다. 죽은 거북이인가 했는데 거북이가 느릿느릿 바다를 향해 움직인다.

나는 거북이에게 "아하! 내가 바다에서 놀고 나왔으니까 이제 네가 교대해서 들어가려고 하는구나." 하고 말한다.

거북이는 알고 있었을 것이다. 내가 바다에서 물장난치는 모습을 보며 웃고 있었을 것이다. 거북이는 내게 더 놀고 싶으면 자신을 따라와 보라는 듯 천천히 바다로 움직인다.

느릿느릿 움직이는 거북이를 바라보며 생각에 빠진다.

두툼한 껍질을 뒤집어 쓴 거북이는 옷을 입고 있는 것인가, 벗고 있는 것인가. 거북이의 모습이 속옷은 안 입은 채 외투만 걸친 것 같다.

사실 인간도 옷을 벗기면 두 발 달린 생물일 뿐인데, 우리는 직업이나 직함으로 사람을 판단하려 한다. 외적 권위에 의지해 살려고 한다. 인간의 사회는 그런 식으로 굴러간다. 그러고 보니 인간은 참 가련한 존재다. 인간은 누구도 단점이 있지 않은가. 그것을 애써 감추기 위해

배우처럼 연기하면서 살지 않나 싶다. 완벽한 인간은 없다. 신이 그렇게 만들었다. 하지만 사람이 아름다우면 모든 결점이 가려진다. 그래서 아름답게 살아야 한다.

내가 거북이의 말을 알아듣지 못하는 것은 인간인 나의 무지 때문이다. 아직 알려지지 않은 거북이의 언어를 모르는 것은 내 탓이다. 자신의 모습을 있는 그대로 겸허히 받아들이고 살아가는 거북이의 자신감이 부럽다. 누군가가 나에게 당신은 자신을 있는 그대로 받아들이고 살아가냐고 묻는다면 '그렇다'라고 대답할 자신이 없다.

우리의 관점에서 볼 때 거북이는 육지에서 느리다. 그러나 사람 역시 바다에서는 느리다. 거북이는 사람과 달리 바다에서는 매우 빠르다. 아니, 날아다닌다는 표현이 맞을 것이다. 이처럼 사람과 거북이 속도는 각자 다른 것이다. 게다가 거북이는 200년 동안 자신의 속도를 즐기면서 살아간다.

이처럼 우리네 인생도, 시간도 각자 스스로가 만들어 가는 속도에 맞춰 흘러간다. 폭풍이 와도 시간은 가고, 일을 해도 시간은 간다. 마음이 슬프면 시간이 좀더 길게 느껴지고, 기쁘면 시간은 좀더 짧게 느껴진다.

나는 우리 각자가 꽃이라고 생각한다. 스스로를 가꾸는 것은 본인이다. 나라는 꽃을 마구 다루건, 정원사처럼 예쁘게 가꾸건, 그것 역시 스스로의 몫이다. 사람은 습관에 의해 변하는 동물이다. 인생이란 본

기항지에서 들려주는 환송밴드의 연주

석양이 오늘따라 더 붉게 보인다.

인이 만든 습관과 속도에 따라 달라진다.

상념에서 벗어나 문득 돌아본 이 바다가 너무나 아름답다. 새삼 이곳의 아름다움에 놀란다. 멋진 신세계가 이곳에 있는 것이다.

크루즈로 돌아와서 골프칩샷 게임을 한 후, 피트니스 센터에 들러 땀을 흘리며 운동하니 낮에 먹은 음식이 소화되는 느낌이다. 어린 시절 어른들이 뛰지 말라고 밥 먹은 것 내려간다고 하셨던 말씀이 피지에 와서 새로운 의미로 다가온다.

뱃고동 소리가 요란하다. 환송 밴드의 연주에 호응하여 울리는 모양이다. 석양이 오늘따라 더 붉게 보인다.

피지 여인들의 경쾌한 춤사위

여행 10일차

11월 14일 월요일, 오늘 우리는 피지의 사부사부Savusavu에 있는 해변가 리조트를 방문한다.

오늘은 평소와 달리 먼 곳에서 남태평양의 바다를 음미하고 싶은 마음이 들어 하이킹을 하기로 한다. 아내와 함께 산을 오른다. 산 위에 올라 높은 곳에서 보니 끝없이 펼쳐진 파란 바다가 섬을 에워싼 모습이 보인다. 이곳 바다의 파란 빛깔은 멀리서 보아도 입을 다물지 못할 정도로 아름답다. 바다가 어쩌면 저렇게 파랗고 투명한지 감탄하게 된다.

먼 곳에서 바다를 감상했으니, 이제 가까이에서 바다를 느껴볼 시간이다. 해변으로 내려와 무얼 할까 잠시 고민하다 카약을 타 보기로 한다. 카약을 타고 파란 바다를 누빈다. 어디선가 만타레이가 카약 옆으로 다가와서 함께 바다를 누빈다. 우리는 청옥색으로 눈부시게 빛나는 맑은 물을 노 저어 간다. 스노클링을 하기 위해서다. 장비를 챙겨 바다로 뛰어든다. 역시 바다는 몸으로 부딪쳐야 참맛을 알 수 있다. 이곳은 상상이 현실이 되는 곳이다.

이곳 바다는 물고기들가 많아서 수족관이라고 불러도 될 듯하다. 알록달록한 색색의 물고기들과 산호 등 다채로운 바다의 동식물들이 우리를 반겨준다. 더 잠수하고 싶은 마음이 들지만, 더 깊이 잠수했다가 수압으로 질소중독깊이 잠수해서 고압의 공기를 들이마셨을 때 몸 안에서 용해되는 질소량이 증가해서 일어나는 마취 상태 같은 것을 일으킬까 봐 참는다. 잘못하여 이 푸른 바다에서 의식 불명이 될 수는 없지 않은가.

잠시 스노클링을 멈추고 물 밖으로 나와 해변에서 휴식을 취하는데, 마침 리조트에서 어린아이들이 춤을 추고 있다. 볼수록 이곳 아이

하이킹 하는 도중 만난 여행객이 찍어준 아내와 나

리조트에서 어린아이들이 춤을 추고 있다.
볼수록 이곳 아이들은 남태평양의 대자연처럼 예쁘고 사랑스럽다.

위 _ 피지 사부사부에서 우리가 머문 해변 리조트
아래 _ 전통 방식으로 준비되고 있는 점심식사

들은 남태평양의 대자연처럼 예쁘고 사랑스럽다.

점심은 이곳의 전통 방식으로 준비되어 있다. 먼저 원주민들이 만든 술을 나누어 마신다. 하얀 막걸리처럼 보이는 술의 맛은 시큼털털하다. 음식을 함께 나누어 먹으면서 서로 동질감을 느끼는 의식을 치른다. 코코넛으로 공예품을 만드는 모습과 공예품 조각을 뿌리는 공연을 한다. 공연을 본 후, 요리사들이 전통 요리를 하는 장소로 이동한다. 이곳 전통 요리는 나무로 불을 지펴, 그 불에 돌을 굽는다. 그리고 불에 달궈진 돌 위에 고기와 바나나 등을 놓고 다시 덮어서 한 시간 정도 익힌 후 꺼내 먹는 것이다.

점심을 먹은 후, 바닷가 해변 야자수 아래에서 눕는다. 세상이 모두 내 것 같다. 여행자에게 자연은 언제나 숭고한 대상이다. 여행자의 낭만에 취한다.

입이 열린다.

하늘을 보고, 바다를 보니, 절로 시를 읊게 된다. 낭송가라도 된 듯 말해 본다.

인생은 즐기는 것이다. 자신이 하고 싶은 것을 하면서 노는 것이다.

모든 것은 흐른다. 당신도 나도…. 당신의 마음도, 내 마음도 흐른다. 그러니 머뭇거리지 마라.

새처럼 날아올라 있는 그대로 느끼고 보아라. 억지로 하려 들면 보이는 것도 보이지 않고, 들리는 것도 들리지 않는다. 재밌게 놀아보자.

삶이란 노는 것, 죽어서도 노는 것이다.

왜 사는가? 놀기 위함이다. 멈추면 썩는다. 먼지도 모여 멈추어 쌓이면 곰팡이 피고 썩는다. 가만히 있느니 그냥 놀자. 일도 놀이처럼, 삶도 놀이처럼, 여행자처럼 즐기며 살자.

세상을 품고 사는 것이 아니라면 세상을 만나면 그만이다. 짧은 인생, 인생은 놀이이다.

내가 있는 이 섬은 아름다운 섬이다.

볼수록 매혹이 넘치는 섬이다. 쪽빛 바다는 황홀하다. 아무리 멋지고 흥분되는 풍경이라도 어떤 상황이냐에 따라 생각은 달라진다.

만약 빠삐용이었다면 어땠을까. 가슴에 나비를 새겨 놓고 자유를 향해 날아갈 꿈만 꾸었을까. 나에게는 넓고 푸른 이 바다가 짜릿한 경이와 선망의 대상인데 말이다. 나는 이곳에서 이대로 굳어 선 채로 나무가 된다 해도 싫지 않을 것 같다. 긴 여행은 큰 꿈을 갖게 한다.

여행은 돈이다. 여행을 많이 갈수록 돈을 벌 수 있다. 많은 여행은 재테크의 기본이다. 몸으로 직접 체험하는 산지식이기 때문이다. 잘 모를 때는 제대로 꿈을 꿀 수 없지만 직접 가서 여러 번 경험해 보면 알게 된다.

내가 우리 집 주변의 상점들이 어떤 곳은 잘 되고 어느 곳은 안 되는 이유를 아는 것은 여행을 다니며 많이 보았기 때문이다. 그래서 여

위 _ 해변으로 향하는 흔들다리 위에 서 있는 아내

아래 _ 카약을 타고 바다를 즐기는 나의 모습

행은 돈이 된다. 여행을 많이 할수록 재테크의 기본이 쌓이는 것이다.

요즘 동남아의 섬 중에서 관광지로 개발된 곳이 많다. 사이판이든 괌이든 이 휴양지의 한결같은 점은 쉬고 싶어 하는 사람들이 모인다는 사실이다. 나는 여행을 다니며 사람들의 쉬고 싶은 마음을 따라 움직이면 여유와 행복이 따라온다는 것을 깨달았다. 그래서 우리나라에도 그런 곳이 있을까 하여 여러 곳을 여행해 보다 제주도는 어떤가 하는 마음에 여러 번 여행하게 되었다. 따뜻한 남쪽의 제주도에서 확신을 얻어 제주도에 작은 세컨드 하우스를 구입하고 그곳에서 몇달씩 생활한다. 그렇게 마음껏 즐기며 살다 보니 제주도의 집 가격이 많이 올랐다.

여유 있는 사람들이 살고 싶어 하는 곳, 부자들이 머물다 가고 싶은 곳이 명당인 것이다. 그런 곳은 부동산 가격도 오르게 되어 있다. 그래서 여행은 많이 다닐수록 재테크가 된다고 자신한다.

하고픈 일을 하지 않고 하루를 보내면 그 하루의 삶을 나중에 후회하는 데 쓰게 된다. 미래는 오늘이 쌓여서 만들어진다.

유럽 민족이 선진국이 된 이유 중 가장 큰 것이 여행이라고 한다.

머리로만 공부하지 않고, 몸으로 공부하기 위해 15살만 되면 세계여행을 떠난다. 훌륭한 것을 보고 느껴 봐야 무엇이 훌륭한지를 알게 된다. 여러 나라의 다양한 문명을 보고 경험하여 세상을 보는 눈을 틔우는 것이 필요하다. 세상을 보아야만 원하는 것을 찾아낼 수 있다. 본

적도 없는데 어떻게 알겠는가. 하고 싶은 일을 발견해야 도전도 하게 된다.

세상에 부족한 것도 있다는 것을 알아야 세상의 어려운 점을 해결하는 데 무엇이 필요한 지 알게 되고 고민도 한다. 편안한 여행에서 배울 점이 적다며 편안한 여행은 멀리한다.

지구는 70억 인구를 태운 거대한 우주선이다.

지구가 태양을 한 바퀴 도는데 걸리는 시간은 365일이다.

우리 사람은 초속 30km 속도로 달리는 우주선을 타고 여행 중인 여행자다.

우리는 탄생하는 그 순간부터 지구라는 우주선 안에서 여행하고 있으면서도 이것을 알지 못하고 있다. 삶이 곧 여행임을 알지 못한다면 이 여행은 경험이 되지 못한다. 인생이 여행인 것은 맞지만 느끼지 못하고 알 수 없다면 삶의 본질을 깨닫지 못한 것이나 마찬가지다.

특히 여행을 통해 직접 가서 느끼고 인생을 돌아보면 새로운 느낌이다. 이왕이면 여행은 너무 미루지 않는 것이 좋다. 생각보다 시간이 많지 않다. 용기 있는 행동을 하는 사람이 결국 꿈을 이룬다. 인생이 여행이라면 용기를 내 보자.

여행은 새로움을 여는 열쇠이다. 여행만큼 새로운 경험을 할 수 있는 활동은 없을 것이다. 낯선 곳을 동경한다면 직접 움직여 그곳에서 자신을 발견해 보자.

언젠가 바티칸 궁전에 가 본 적이 있다. 바티칸 궁전은 하루 평균 입장객이 3만 명이라고 한다. 그때 나는 비싼 입장료를 내고, 새벽부터 줄을 서서 한참 기다리고, 수많은 군중을 헤집고 들어가서야 바티칸 궁전을 겨우 볼 수 있었다. 바티칸을 직접 경험한 것이다.

나는 낯선 것을 찾아다니는 성격이다. 낯선 것이 두렵지만 찾아다니다 보면 어느새 그 두려움이 사라지기 때문이다

낯선 것은 상상 이상의 감동을 준다. 용기는 사람에게 쾌감과 발전을 준다. 낯선 곳으로의 여행일수록 더 많은 것을 경험한다. 또한 지금은 낯선 것도 마주하면 할수록 친해진다.

아들 둘을 둔 나는 아이들이 어릴 때부터 여행을 많이 보냈다. 앞으로 성장하여 맞닥뜨릴 것들을 잘 해낼 수 있도록 스스로 선택하고, 도전하고, 시야를 넓힐 수 있게 여행으로 내몰았다. 사랑한다면 물고기를 주는 것이 아니라 여행을 통해 무엇이든 스스로 할 수 있는 능력을 키워 주어야 한다고 생각한다. 그렇게 자란 아들 둘 다 모두 잘되었다. 다만 틈만 나면 여행을 하고 싶어 어쩔 줄 모르는 나의 습성을 아이들도 그대로 이어받았다.

한참을 바다에 머물다 억지로 바다를 떠나 시내 구경을 간다.

길에서 놀고 있는 아이들의 모습이 위험해 보인다.

터미널 근처에 온천이 흐른다. 열대 지방에서 온천수가 흐르는 것

위 _ 이곳에서 비교적 잘 사는 사람들의 집
아래 _ 시내에서 본 현지인의 모습

이 달갑지 않은지 온천은 천덕꾸러기 취급을 당한다. 화산 지역이라 그렇다 한다.

도시를 떠나 강가로 간다.

커다란 고무 튜브를 타고 강을 떠내려가는 튜빙Tubing이 재미있어 보여 신청한다.

얼른 수영복으로 갈아입고 튜브에 몸을 싣는다. 몸은 반쯤 강물에 잠긴 채 둥둥 떠내려가자 신이 난다. 내가 흥분하여 소리를 지르며 물장난을 하자 가이드가 절대로 강물에 손을 넣지 말라고 경고한다. 가이드 말로는 악어가 손을 물을 수 있기 때문이라는데 그럼 다리는 괜찮은 건지 의심이 든다.

환상적인 하루를 보내고 배로 돌아온다.

오늘밤은 슈퍼문이 뜬다고 한다.

아내와 저녁을 먹은 후 15층 갑판에 오른다. 1948년 이후 68년 만인 오늘2016년 11월 14일 나타난다는 슈퍼문을 과연 볼 수 있을지 기대 만발이다. 오늘 못 보면 다음에 볼 수 있는 기회는 18년 후인 2034년이라고 한다. 슈퍼문은 달과 지구의 거리가 가까워짐에 따라 지구에서 보이는 달이 크게 보이는 현상이다. 100년에 두 번 정도 나타나는 현상이라고 하니 한 번 보려면 구름도 없는 맑은 하늘이어야 한다. 오늘 나의 운은 어떠할까. 일반 보름달보다 30% 정도 더 밝고, 15% 정도

크루즈에서 바라본 슈퍼문

더 큰 슈퍼문은 평생에 한 번 보기도 힘들다고 하니 벌써부터 설레기 시작한다.

음력 15일, 슈퍼문에 대한 기대감으로 갑판에 2천여 명의 승객들이 가득하다. 드디어 구름 한 점 없는 하늘에 달이 뜬다. 장관이다. 망망대해의 배 위에서 일출이나 석양을 보는 것도 멋진데, 이렇게 슈퍼문을 볼 수 있다니 너무나 멋진 일이다. 다들 흥분하여 옆 사람과 포옹을 하거나 감탄사를 연발한다. 이제껏 달이 그렇게 크고 밝다는 생각을 해본 적이 없다. 너무나 밝고 큰 달에 이것이 정말 달일까 하는 놀라움에 경탄한다. 슈퍼문은 충격적일 정도로 크고 밝고 아름답다. 몇몇 외국인들이 둥근 달을 보며 뭐라고 말을 한다. 아마도 달을 향해 기도하는 모양이다.

세상의 모든 별들이 모인 듯 찬란한 남태평양의 하늘에서 슈퍼문을 바라본다. 반짝이는 은하수에 배를 띄우고 노 젓는 토끼가 있는지 하늘을 살펴본다. 이승에서 착하게 살았던 사람들은 죽으면 별이 된다는데, 하늘에 수많은 별을 보니 이 세상에 살다 간 사람들 중에 아름답고 착한 사람들이 많았나 보다. 반짝이는 별을 보니 아버지가 그립다. 저 수많은 별들 중 우리 아버지는 어느 별일까 싶어 밤하늘을 이쪽저쪽 바라본다.

갑자기 빗물이 떨어진다. 아니다, 실은 눈물이 흐른다. 유난히 밝은 별 하나가 미소 짓는 듯 유독 반짝인다. 마치 아버지를 만난 듯 반가운 마음에 애써 웃음 지으려 하는데도 눈물이 흐른다.

"아버지!"

부르고 또 불러도 그리운 아버지를 소리쳐 불러본다. 밤하늘의 별들이 흐르듯 내 마음의 그리움도 흐른다. 아름다운 것은 쉽게 사라진다는데 이곳 남태평양은 아닌 것 같다. 한낮의 아름다움으로는 모자랐는지 밤까지도 아름다운 걸 보니…. 이 아름다움의 끝은 어떨지 궁금하다. 인생은 사랑하며 살기에도 부족할 만큼 너무나 짧다. 저 위에서 순간순간 반짝이는 별들도 얼마 후에는 사라진다. 우리들의 삶처럼 말이다.

오늘, 이 밤의 아름다움에 취해 잠 못 드는 밤이 될 것 같다.

드라부니 섬의 산 위에서 바라본 풍경

여행 11일차

11월 15일 드라부니 섬Dravuni island에 왔다.

피지 남부에는 유명한 그레이트 아스트롤라베 리프Great Astrolabe Reef가 있고, 그 리프에 위치한 섬이 드라부니이다. 드라부니는 피지 섬의 칸다부 주Kadavu Province : 피지를 구성하는 14개 주 가운데 하나에 있는 화산섬이다. 피지에서 가장 아름답기로 유명한 섬이지만 크루즈가 아니면 관광이 불가능한 지역이기도 하다. 이 섬에 오기 위해 우리는 10시간 동안 항해하였다. 커다란 산호초 군락지 섬이어서 그런지 아름다운 풍경에 넋을 잃게 된다.

배에서 내려 제일 먼저 산 정상에 있는 전망 포인트로 오른다. 산에 오른 사람들이 저마다 "러블리 뷰Lovely view!"라고 감탄하는 소리가 파도소리처럼 여기저기에서 들린다. 과연 올라와서 보니 이번 여행에서 가장 멋진 뷰로 꼽힐 만한 풍경이 펼쳐진다. 투명한 에메랄드빛 바다가 끝없이 펼쳐져 있다. 몰디브도 아름답지만 그곳과 달리 이곳은 아

파란 바다 너머 섬들이 보인다.

러블리 뷰! _ 드라부니 섬의 산 정상에서

저 멀리 제트보트가 바다의 파란 바닷물을 가르며 지나가고 있다.

무리 항해해도 아름다움이 계속된다.

보트를 빌려서 섬을 한 바퀴 돌아본다. 제트 보트를 타고 파란 바다를 이리저리 유린해 보지만, 끝없이 펼쳐진 파란 바다는 아무렇지 않은지 투명하고 파란 빛깔로 나를 더 유혹한다. 궁금하다. 신은 왜 태평양 한가운데에 이렇게 아름다운 섬을 만들어 놓았을까. 분화구 섬이라는데 신기한 것이 너무 많다.

바다에서 스노클링을 하고 수영을 하다가 해변에 눕는다. 하늘의 구름도 이곳에서는 예술이다. 이곳은 아름답지 않은 것들이 없다.

왜 이곳을 죽기 전에 꼭 한 번 가보고 싶어 하는 섬으로 제일 먼저 꼽는지 알 것 같다.

이곳의 해변은 세계에서 가장 아름다운 백사장으로 꼽힌다. 사람들은 세 가지 S를 찾아 피지에 온다고 한다. 태양sun, 모래sand, 서핑surf.

이곳에는 이 세 가지가 전부 있다. 어느 해변에 갈지 고민에 빠질 듯하다. 광활한 백사장, 짙푸른 파도, 바다를 향해 휘어진 키 큰 야자수. 누구나 한 번쯤은 상상해 봤을 아름다운 해변이 이곳에 길게 펼쳐져 있어 낭만이 느껴진다. 인생의 낭만을 이곳에서 느낀다.

산호초 바다는 월드 블루라는 별칭이 붙을 만큼 신비한 청록색의 바다 빛을 자랑한다. 산호는 바다의 생명줄이다. 산호가 사라지면 바다 생물도 사라진다. 산호가 많아야 바다 생물이 넘실댄다. 산호가 죽는 것은 바닷물이 섭씨 32도 이상이거나 쓰레기, 원자력 발전 등 인간이 만들어 내는 환경오염 때문이다. 이곳이 아름다운 것은 산호가 멀쩡하기 때문이다. 그만큼 인간의 흔적이 뜸하다는 뜻이다. 산호는 환경만 알맞으면 끝없이 자란다. 우리나라 주위에는 폐사한 야생 산호가 많아서 바다가 죽어가고, 푸른빛이 사라졌다. 우리가 자연생태계를 쓰레기로 파괴하고 있는 것이다. 이곳 사람들은 매연, 공해, 미세먼지, 악취 등이 무슨 말인지 아마 모를 것이다.

태초 자연의 아름다움을 간직한 이곳은 원시의 공룡들이 살았던 곳이 아닐까? 자연이 주는 여유에 빠져 아무것도 하지 않을 자유를 마음껏 누려 본다.

저녁 때까지 몇 번이나 해변과 크루즈 선을 왕복하는 작은 배를 타고 배와 섬을 오고간다. 배에 오르자마자 바다가 그리워 다시 작은 배를 타고 드라부니 섬으로 향하기를 반복한다. 어떤 사람이 이곳이 천국에 가까운 섬이라고 말하는데 틀렸다. 누구라도 이곳에 와 보면 여기가 지상인지 천국인지 구분하기 어려울 테니, 이곳은 분명 천국이다. 이 섬에서 사는 사람들이 부럽다.

모든 것은 소리에서 시작되었다고 한다. 우주가 창조주의 소리라면 이 섬은 신의 소리일 것이다. 가슴이 고요하지 않으면 소음만 들린다. 이곳에선 주위에 마음을 뺏길 것이 없다. 물소리와 새소리를 따라간다.

물질적인 것을 어떻게 소유할지 고민하고 살았다. 온종일 걱정하고 살았는데, 이곳 사람들은 물질적인 것에 태연하다. 바깥 세상에 비하

작은 배를 이용하여 드라부니 섬과 크루즈를 오고 갔다.

하얀 백사장 위의 몽돌

해변에서 수영하는 사람들과 멀리 보이는 크루즈의 모습

면 이곳은 없는 것이 더 많다. 그런데 누가 더 행복하게 살고 있는지 내기하자는 듯 이곳 사람들은 행복해 보인다.

나는 돈을 벌어서 아름다운 곳을 찾아다니며 쉬는 것이 소망이었는데 이곳 사람들은 벌써 다들 그렇게 휴양하며 살고 있다. 행복을 좇아다니지 않고 내 주위를 살피며 누려도 충분히 행복하다는 것일까. 우리들은 당장 행복하기에는 충분하지 않다고 믿고, 행복하기 위해 더 많은 조건을 충족시키려 애쓴다. 그러나 이곳 사람들은 가진 것이 거의 없는데도 이곳에서 행복한 표정이다.

더 이상 행복을 채우기 위한 조건을 찾아다니지 않으니 오히려 텔레비전, 휴대폰, 자동차, 전화 등이 행복을 더해 주지 않음을 깨닫는다. 그렇다. 문자 메시지, 이메일, 카톡, SNS 등의 소통 수단이 늘어났지만 사람과 사람 사이의 관계에서의 소통은 더 이루어지지 않는다.

음식도 마찬가지다. 과일과 채소 등만 먹는 이곳 사람들이 육식과 정크푸드를 먹는 우리보다 더 행복해한다.

우리들은 얼마나 소리에 집착하며 살아가는가.

우리처럼 소음에 물들지 않은 이곳 사람들은 생각에 물을 주는지 고요함을 안다. 이곳 사람들은 경청을 안다. 살랑거리는 나뭇잎 소리, 하늘을 나는 새의 소리, 졸졸 흐르는 시냇물 소리 등등, 자연은 사람들의 말까지도 들어주는가 보다.

이곳 사람들은 현재의 행복에 충실한 듯하다. 우리처럼 행복을 상상하며 미래의 행복을 꿈만 꾸지 않는다. 행복은 찾아지는 것이 아니라 경험해야 하는 것 같다.

이곳은 태양이 일 년 내내 가장 높게 뜨는 곳이다.

내가 가장 좋아하는 여름이 한국은 3개월뿐이지만 이곳은 일 년 내내 여름이다.

내가 전생에 착한 일을 많이 한 모양이다. 그렇지 않았다면 이렇게 아름다운 곳을 이번 생에 올 수 없었을 것이다. 황홀한 곳, 완전히 다른 차원의 영롱함을 뽐내는 곳, 천천히 천국을 향해 움직인다. 가는 걸음마다 기쁨의 감탄이 나온다. 아름다워도 너무 아름답다. 일부러 눈을 크게 뜨고 동공을 넓혀 풍경을 바라본다. 이 섬이 자신의 아름다움을 전부 내보여주니 나도 답례로 내 마음을 다 내어 기쁨을 표현한다.

이어서 나는 밀림 속의 작은 마을로 향한다.

원주민들이 여행자들을 바라보는 시선이 당당하다. '이렇게 예쁜 곳을 찾아온 당신은 행운아야' 하는 눈빛이다. 당연하다. '만약 내가 이 섬에 살고 저들이 여행자로 이곳에 왔어도 나도 저런 모습으로 여행자들을 바라보았을 것이다' 싶은 마음이 드니 원주민들의 저 눈빛이 가장 자연스런 반응이라고 여겨진다. 이들의 행복을 조금 빌려 가고 싶은 마음이다.

이제껏 세상을 살며 빠르게 가는 법만 알았다. 잘못된 삶이었다. 단 하루라도 천천히 걷는 하루를 일부러라도 가져야겠다. 체중을 실어 진하게 선을 긋고 싶다. 그런 의미에서 오늘은 천천히 지내는 일정을 만들려고 한다. 슬로우 힐링이 생활화된 이들이 가진 게 없어도 행복한 이유를 알았다. 많이 가져도 가진 것을 제대로 누리지 못한다면 단 한 개를 가져도 마음껏 누리며 사는 이들에게 지는 것이다. 내려놓고 산다고 말하면서도 욕망이 가득한 나의 몸짓을 이곳 사람들은 눈치채고 있다. 부드럽고 감미로운 사랑이 가득한 이들에게 내가 진 것 같다.

마치 그들이 내게 '힘들지, 그럼 내가 대신 여행해 줄까'라고 말하는 것 같다.

이곳에서 가장 팔자 좋은 것은 고양이다. 아니다, 개다. 아니다, 이곳 사람들이다. 그러고 보면 난 개나 고양이보다 못한 존재인가.

최고의 여행지에서 평생을 사는 이곳 사람들은 모든 것이 부족해 보여도 행복해 보인다. 행복을 모래알로 세어 보자는 그들, 아무것도 하지 않아도 된다고 그들은 삶으로 말한다.

맛있는 것을 남기는 우리, 나중에 하자며 즐기는 것을 미루는 우리. 맛있는 것부터, 하고 싶은 것부터, 가장 좋은 것부터 먼저 하는 이곳 사람들. 부럽다, 이곳 사람들!

사람들은 돈이 많은 사람들이 여행을 많이 다닐 것이라고 생각하지만 아니다. 진짜 돈이 많은 사람들은 바쁘거나 관리를 하거나 무서워서 여행을 많이 못 다닌다. 기어이 가는 사람들은 고급스런 도시 여행이나 편리한 곳을 여행한다.

가자! 밀림 속의 작은 마을로….

야자수와 밀림 너머로 남태평양의 바다가 보인다.

남태평양 바다의 진면목을 보여주는 드라부니 섬의 바다

정말로 여행을 많이 하는 사람들은 용기 있는 사람들이다. 바보는 해 보고 싶은 것을 알아도 시도조차 하지 않고 포기하는 사람들이다. 한 오백 년을 산다고 생각하는지 나중으로 미루는 사람들은 나중에 기력이 떨어져서야 후회한다.

오지 여행을 해 보면 안다. 이런 곳을 오는 사람들은 떠나기를 망설이는 사람들이 아니며 돈이 많은 사람들도 아니라는 것을….

정글이다. 배낭을 멘다. 그래야 동물들이 훔쳐가지 않을 것이다. 이곳 숲 속은 자연 동물원 같다. 동물들이 카메라를 들이밀고 사진을 찍어도 도망가지 않는다.

내 몸 크기만 한 팔색조 새에게 묻는다.

"하루에 얼마나 받고 우리 같은 관광객과 사진을 찍어주니?"

팔색조는 날개를 흔들며 대답은 않고 밀림 속으로 사라져 버린다.

숲의 아름다움에 눈꺼풀이 없는 물고기처럼 눈을 감지 못하고 마냥 구경하며 시간을 보낸다. 최고로 멋진 순간이다. 얼마나 오래 이곳에 머물러야 권태로움을 느낄까. 살랑살랑 지나가는 바람이 나를 웃게 한다.

멀리 코발트빛 바다가 보인다. 아무것도 하지 않고 자연 속에서 유유자적 시간을 낭비한 죄를 용서받지 못한다 해도 어쩔 수 없다. 햇빛에 반사된 쪽빛 바닷물의 영롱함에 눈이 부시다.

이렇게 푸르른 날에 이렇게 휴식을 취해도 문제없다. 나는 여행자니까 말이다. 나는 관광하러 온 관광객이 아닌 방랑자, 여행자로 이곳에 왔다. 여행자와 관광객의 차이는 여행자는 자신이 보려는 것을 보지만, 관광객은 왔기 때문에 본다는 것이다. 여행자는 능동적이어서 열정적으로 모험을 찾아다닌다. 그러나 관광객은 수동적이다. 관광객은 내가 어디에 있는지 모르지만, 여행자는 내가 어디로 가고 있는지 모르기에 여행자다. 나는 여행지에서의 사색을 좋아하고 기념사진 찍기를 싫어하니 여행자다.

마치 나이 든 현자인 듯 생각이 깊어진다. 이런 면에서 나이듦은 멋진 것이다. 늙지만 않는다면 말이다.

사랑, 여행, 지금의 자유에 대해 희망을 잃은 후에 알았다면 정말 후회했을 것이다. 외로움이란 마음의 문을 닫았을 때 느끼는 감정이다. 이제는 혼자 나이 들어도 괜찮다는 것을 안다.

서서히 신선이 되어 가는 느낌이다.

여러 나라를 여행하면서 그 나라 말을 못해서 번거로울 때가 많았다. 통역을 통해서야 알아듣고 이해하게 된다. 그렇다면 내 사랑도 마찬가지 아닐까?

사랑은 눈이 멀어 움직이는 것이라니 얼마나 위험한가. 눈가리개 버리고 도망가면 안전한데, 위험한 것이 사랑인가. 사랑하는데 사랑한단 말할 수 없는 시간이 있다. 사랑인 줄 알면서 사랑한다 말하지 않아야 될 때를 아는가.

그리움이 없다면 무엇으로 살까요.

외로움의 힘은 세다. 단맛이 섞였는지 그립다. 그 힘으로 가겠다는 것이다.

사랑은 교통사고 같다. 신의 장난일 수도 있고, 자연스럽게 다가오기도 한다.

신이 보내는 신호인 사랑은 사람을 살게 하기 위함일 것이다. 사랑은 여행이다. 여행일 때만 삶이다. 모든 힘을 다 소진하고 여행에서 돌아올 때 사랑이라 부른다. 한때의 완성이면 실패한 사랑이 아니다. 여행은 사랑을 완성하여 거두고 돌아오는 것만이 아니다.

갑자기 철학자처럼 홀로 말해 본다. 황홀한 꿈을 꾸게 하는 드라부니 섬은 야자수 그늘에 누워 있어도 행복하다.

동물들이 바보 같다고 생각한다면 하늘에서 본 나는 바보 같지 않을까. 누가 어떠한 관점에서 보느냐의 차이다. 고정관념일 수 있다.

'콜롬비아에서 왔어요?'

어제 질문에 대수롭지 않게 '코리아'라고 답했는데 오늘도 같은 질문을 다른 사람에게 받았다.

코미디가 따로 없다. 내 배낭은 콜롬비아 상표다. 내가 만약 히말라야 블랙야크 상표였으면 사람들은 내게 네팔 사람이냐고 물어봤을까?

이곳은 만나는 사람들도 모두 웃음을 선사한다.

이곳에서는 태양 아래 누워서 독서만 해도 최고다. 해양 레포츠나 수영을 더 이상 하지 않아도 된다. 이제 바다를 떠날 시간이다. 출항한다는 몇 번의 방송이 들려오지만 발걸음이 떨어지지 않는다. 다음에 또 올 날을 기약하며, 억지로 배에 올라 보니 달밤이다. 달이 밝은 밤을 누리기 위해 음력 6일부터 음력 21일까지 맞추어 온 것이 밤의 아름다움까지 만끽할 수 있는 기회가 되었다. 크루즈 여행 기간 동안 단 한 번도 비가 오지 않고 맑은 날씨만 계속된다는 것은 일기예보를 통해 미리 알고 있었다. 아마 건기가 아닌 우기에 왔다면 비만 맞다가 여행이 끝났으리라.

갑판에 다시 오른다. 하늘을 보니 달이 밝다. 살면서 하늘에 별과 달을 바라보는 날이 얼마나 되는가. 지구의 바다 한가운데에서 만난 별과 달이 유난히 밝다. 셀 수 없을 정도로 많은 별들이 속삭인다. 이렇게 많은 별들을 본 것이 언제였는지….

밤까지도 내 기쁨이 시들지 않는다. 내일도 얼마나 짜릿한 하루가 될지 기대가 된다.

즐거운 생각을 하며 크루즈선 14층 갑판 위를 걷는다는 것은 더없이 행복한 시간이다. 갑자기 몸이 붕 뜨는 기분이다. 천국의 달까지 날아오를 것 같다.

크루즈 내의 야외극장에서 쇼를 한다. 마침 내가 아는 노래가 나오는 것을 들으니 반가운 마음이 든다. 아는 만큼 즐거울 수 있다는 것이 입증되는 순간이다.

여행 12일차

오늘은 하루 종일 항해하는 날이다.

나와 아내가 머문 인사이드inside 객실은 바다가 보이지 않아서 밖으로 자주 나오게 된다. 인사이드 객실은 상대적으로 가격이 저렴하기 때문에 기항지에서 관광을 하는 등의 이유로 선실에 거의 머물지 않는 사람들이 주로 선호한다.

객실 중 오션 뷰ocean view는 창문이 있어 바다를 볼 수 있으나 창문을 열 수 없는 방이고, 발코니베란다 객실은 객실에 딸린 개별 베란다에서 바다와 기항지 등 바깥의 풍경을 감상할 수 있는 객실로 인사이드 객실보다 가격이 비싸다.

오늘은 배 안에서 종일 머무는 날이니 여유롭게 도서관에 들러 책을 읽기도 하고, 인터넷 카페에서 이것저것 살펴보기도 한다.

크루즈 안에서 할 수 있는 것들이 너무 많다 보니 오히려 무엇을 해야할지 선택하기가 어려울 정도다. 만약에 나의 영어 회화 실력이

발코니 객실

오션 뷰 객실

인사이드 객실

더 좋았다면 선택의 폭이 더 다양했을 것이라는 생각이 든다. 여행이 끝나고 집으로 돌아가면 영어 공부를 좀 더 해야겠다는 결심을 해 본다.

여행의 끝이 다가오니 여행에 대해 좀 더 생각해 본다.

여행에서는 짐이 많으면 불편하다. 짐을 줄여서 가벼워야 이동도 쉽고, 힘도 덜 든다. 인생도 여행처럼 가벼워야 하지 않을까. 더 자유롭고 충만한 삶을 살아가기 위해선 집착도, 욕심도 버려야 한다. 우리는 욕심이란 짐을 지고 발걸음 무겁게 힘겨워하며 살아가고 있지 않은가.

나는 여행을 가면 여행지에서 셀카를 많이 찍지 않는다. 여행을 하다 보면 셀카를 찍기 위해 과하게 카메라를 들이대는 사람들을 볼 수 있다. 셀카를 찍지 않으면 여행에 대한 추억을 잃어버릴까 봐 그러는 것인지, 이유는 알 수 없다. 하지만 여행을 와서 여행지 속으로 녹아들기보다 여행의 의미를 잃고 자신과 타인의 관심에 더 몰입하는 것 같아서 나는 셀카가 싫다. 여행의 의미를 잊은 것인가, 자신을 잊은 것인가?

아마도 우리가 '나'라는 의미가 사라지는 시대에 살기 때문에 셀카에 집착하는 것일지도 모른다. 나를 기억하는 유일한 방법이 내 사진뿐일까. 여행에서의 셀카봉은 여행을 놓치게 하고 결국은 자신도 놓치게 하는 것은 아닐까.

여행을 하면 시간을 자유롭게 쓸 수 있다. 일상 속에서의 시간은 잡으려 해도 잡히지 않지만, 여행에서의 시간은 내 말을 잘 따라 준다. 그러니 이왕 여행을 떠났다면 그 시간을 타인의 관심을 받는 것에 쏟기보다 100% 자신의 것으로 누렸으면 좋겠다.

오리섬에서 즐거운 시간을 보내며…

크루즈에서 내려 버스를 타고 기항지에서 선택관광을 떠나는 모습

현지에서 즐길 수 있는 오리섬 선택관광 안내

여행 13일차

여행 13일차인 오늘, 뉴칼레도니아New Caledonia의 수도 누메아Numea에 도착했다.

뉴칼레도니아의 누메아는 럭셔리 섬으로 인구 22만 명의 대도시다. 남태평양 중심에 위치한 뉴칼레도니아는 1774년 제임스 쿡 선장이 발견하여 현재는 프랑스령의 해외 자치주로 프랑스어를 국어로 사용한다.

뉴칼레도니아의 총 인구 중 37.1%가 유럽인이고, 나머지는 원주민과 멜라네시아인멜라네시아의 토착 민족으로 이루어져 있다. 인구의 60%가 가톨릭을 믿고, 나머지 대부분은 개신교를 믿지만, 이외에도 이슬람교, 불교, 멜라네시안 전통 신앙 등의 종교들을 믿는 사람들도 있다.

뉴칼레도니아는 남회귀선 근처인 남위 19도에서 23도 사이, 서경 158도에서 172도 사이에 위치한다. 오스트레일리아의 동해안으로부터 약 1,200km 정도 떨어져 있으며, 면적은 우리나라의 6분의 1인

16,000㎢이다. 이 섬에는 페니에Penier라는 산이 있는데, 산의 최대 고도는 1,628m라고 한다.

뉴칼레도니아의 연평균 날씨는 20~28도이며, 시차는 한국보다 2시간 빨라 언제든 쾌적한 여행을 즐길 수 있다.

천국의 섬이라는 표현이 더없이 어울릴 만한 지상 최대의 낙원인 뉴칼레도니아는 드라마 〈꽃보다 남자〉를 통해 우리나라 사람들에게 깊은 인상을 남겼다. 그 후 이 섬은 유명 화장품 CF 촬영지로도 화제가 되었다.

크고 작은 섬들로 이루어진 뉴칼레도니아는 드라마가 방영된 2008년 무렵에야 우리나라에 알려졌지만, 빼어난 경치와 온화한 기후 덕분에 일본이나 유럽인들에게는 그 전부터 유명 관광지로 각광받아 왔으며, 1년 내내 관광객이 찾아온다고 한다.

나와 아내는 아침 8시에 하선하여 누메아 시내로 들어가 관광안내소에 들렀다. 덕 섬Duck island에서의 선택관광을 즐기기 위해서다. 선택관광을 즐기는 데 팁이 하나 있다. 선택관광은 외국어가 가능하다면 기항지에서 내려 직접 예약을 하면 좋다. 예를 들어, 덕 섬 선택관광의 경우, 크루즈 선내에서 선택관광을 신청하면 1인당 100달러이지만, 누메아 현지에서 본인이 직접 계산하면 같은 코스를 1인당 30달러의 비용으로 즐길 수 있기 때문이다.

우리는 보트를 타고 덕 섬으로 이동하여 바다에서 스노클링을 즐기기 시작한다. 이곳 바닷속에서는 큰 물고기만이 보인다. 50센티미터 이하의 작은 물고기는 전혀 보이지도 않는다. 바닷속에 너무 큰 물고기들이 많다 보니 나도 모르게 주춤거리며 잠수를 한다. 좀 더 깊이 들어가자 평소에 흔히 볼 수 없던 더 큰 물고기들이 보인다. 조금은 위험하게 느껴졌지만 지금 즐기지 않으면 언제 다시 올 것인가 싶어 짜릿한 쾌감을 느끼며 더 깊은 바닷속으로 잠수한다.

가이드가 바다 멀리 나가지 말라고 했는데 나는 뭔가에 이끌리듯 점점 더 깊은 바다로 향한다. 강아지 수영하듯 따라오던 아내는 다시 되돌아간다. 해안에서 200미터 정도 왔을 때쯤, 잠수하여 바닥을 살펴보니 왕뿔소라가 여러 개 보인다. 그 중 한 개를 따서 물 위로 올라온다. 이것이 정말 소라인지 싶을 만큼 커다란 왕뿔소라의 크기는 내 주먹 세 배이다. 다시 잠수하여 두 개를 더 가지고 나온다. 바다 아래로 내려가 더 많이 보고 싶은 유혹이 크다. 바닷속에도 바람이 부는지 산호초가 흔들거리고, 그 사이로 원색의 물고기들이 몰려다닌다. 산호초는 흔들리는 만큼 성장하는 걸까? 바닷속은 신천지다.

바다는 지구 전체 면적의 70%를 차지한다. 그것도 모두 하나로 이어져 있으니 대단하지 않은가. 수많은 물고기들이 내 주변을 돌아다닌다. 참다랑어, 갈치 등 생물도감을 통해 터득한 지식으로 물고기를 구별한다. 특히 샛노란 몸통에 긴 주둥이를 가진 트럼펫 피쉬의 모습이 눈에 확 들어온다. 황색의 사랑놀래기도 보이고, 주홍색 자태를 과시하는 뿔돔도 보인다. 푸른 바닷속 형형색색 화려한 옷차림의 물고기들을 보면서 황홀감에 젖는다. 어디선가 갑자기 1미터도 넘는 물고기가 지나간다. 몸이 가늘고 긴 것이 빨판상어 같다.

물고기의 생김새와 이름을 아니 바닷속을 보는 재미가 한층 크다. 이제 알록달록한 산호도 자세히 들여다본다. 산호는 식물이 아니라 동물이라고 한다. 나무 산호, 테이블 산호, 사슴뿔 산호. 부채 산호 등 다양한 종류의 산호가 자태를 뽐내고 있다.

한참을 바닷속에 심취해 있다 물 위로 나와 해안 쪽을 보니 아내가 두 팔 흔들며 소리치고 있다. 빨리 오라는 신호다. 잡았던 소라를 모두 바다에 다시 놓아주고 전속력으로 헤엄쳐 해변으로 간다.

해변에 도착하여 아내의 걱정과 사랑이 섞인 잔소리를 듣고 있자니 아내에게 미안한 마음이 든다.

좀 전에 보았던 바닷속 풍경은 평생에 몇 번 볼 수 없는 멋진 장면이었다. 마치 내가 영화의 한 장면 속에 들어온 듯한 느낌이었다. 천국에 발을 들여놓은 것 같은 신비와 경이를 아내 때문에 더 보지 못하게 되어 아쉬운 마음이 든다. 눈길이 자꾸 바다 쪽을 향한다. 하지만 아내를 이해 못하는 것은 아니다. 해변에서 아내는 내가 안 보여서 혼자 집으로 돌아가야 하는 줄 알고 두려워 울었다고 한다. 미처 몰랐는데 내가 너무 오랫동안 잠수를 했었던 모양이다. 이렇게 살아 있는데 일어나지도 않은 일로 걱정을 했다는 아내에게 그렇게 미리 걱정하며 살지 않아도 된다고 말하고 싶다.

덕 섬을 나와서 우리는 다시 시내로 향한다. 시내에서는 민속박물관 투어를 할 예정이다. 나는 뉴칼레도니아의 역사가 궁금했다. 치바우 문화센터Tjibaou Cultural Centre는 뉴칼레도니아의 독립운동가인 치바우를 기념하여 만들었다고 한다. 전통 오두막 '카즈case' 모양을 모티브로 하여 건물을 지었다고 한다.

세계 5대 건축물 중 하나로 꼽히는 치바우 문화센터는 멋진 조개껍데기 또는 카낙의 전통 가옥을 연상케 한다. 크기와 높이가 서로 다른 열 개 동의 건물이 잘린 캡슐 같은 독특한 구조를 하고 있다. 외관상으로는 카낙의 전통문화를 그대로 지키면서도 첨단 기술을 적용한 훌륭한 건축물이라고 할 수 있다.

열 개 동의 나란히 배치된 구조물은 전통적인 카낙의 오두막을 떠올리게 하지만 사실상 이 복합 건축물은 지진이나 사이클론cyclone을 고려하여 설계된 건물이다. 십자형 환풍 시스템으로 완벽한 냉방과 공기 순환이 가능한 최신식 첨단 기술이 적용되었으며, 주요 건축 자재는 스테인리스 스틸과 잘 썩지 않고 내구성이 강한 목재인 아프리카산 이로코가 사용되어 시간이 지날수록 고색창연한 은빛을 발한다고 한다.

이 '오두막' 형태의 건물들은 중앙 통로로 서로 이어져 있으며, 이

카낙의 전통 가옥을 연상시키는 치바우 문화센터의 전경

다른 방향에서 본 치바우 문화센터

치바우 문화센터로 들어가는 입구

통로는 카낙 마을의 전통적인 의식을 행할 때 걷는 통로를 연상시키기도 한다. 카낙의 토착문화와 활기 넘치는 정체성에서 영감을 받아 지어진 이 문화센터는 카낙의 주민과 자연환경 사이의 친밀한 관계를 건축물로 형상화한 것이다.

건축물에 대한 이와 같은 인본주의적인 접근 방법은 카낙 문화가 그동안 지켜온 자연과 전통, 현대의 조화로운 공존을 잘 보여주고 있다.

치바우 문화센터에 대한 안내서를 읽고 있는데 프랑스 여자가 다가와 내가 무언가 말하는데 프랑스어를 모르는 나는 알아들을 수가 없다. 이 섬이 프랑스 자치령이라서 그런지 영어를 모르는 프랑스인이 훨씬 많다. 오죽하면 아내가 나에게 프랑스 안내자와 누가 더 영어를 잘하는지 내기하고 있느냐고 말할 정도이다.

현재 프랑스인들은 남태평양의 뉴칼레도니아와 같은 섬들을 자기들이 발견했다는 이유로 지배하고 있다. 민속박물관에 있는 자료들은 프랑스인들이 뉴칼레도니아의 원주민들의 삶을 이렇게 현대화시켰다고 프랑스의 입장에서 설명하고 있다.

아이러니하다. 박물관이라는 곳이 건물의 외형은 특이하고 멋지게 지은 반면, 전시된 것은 풀로 된 바구니 가방, 작은 배, 사진, 돌조각들이 전부이니 말이다.

누메아가 남태평양의 니스로 불릴 만큼 아름답지 않았다면 사람들의 손을 타지 않았을 것이다. 1854년에 프랑스인들이 이곳을 발견하여 도시를 계획하여 형성된 도시라는데, 그렇다면 원래 이곳에서 살던 원주민은 어떻게 되는 것인가?

태평양에는 강대국들의 영토가 왜 이렇게 많을까? 잠시 생각해 본다.

박물관 관람을 마치고 다시 바다로 나와서 보트 투어를 떠난다.

바닷속에서 나만큼 큰 물고기들이 유영하고 있다. 내가 열대어들을 보는 것이 아니라 열대어들이 나를 구경하는 것 같은 느낌이다. 몇 미터 수면 아래에서 거북이가 노닐고 있다. 개인 구명조끼를 벗어 던지고 웨이브로 깊이 잠수하여 바닷속 바닥을 만져보기도 한다. 한참 동안 황홀한 마음으로 물고기와 노닌다. 숨을 참을 수 없을 때만 가끔씩 바다 위로 얼굴을 내밀어 호흡을 하고 다시 잠수한다. 바다는 깊이 들어갈수록 신세계다.

우리는 자리를 옮겨 샤크 포인트라는 곳으로 향한다. 상어들이 많이 출몰하지만 아직까지 단 한 명도 공격당하지 않았다는 가이드의 말을 믿고 나는 스노클링 장비만 착용한 채 바다로 들어간다. 그러자 어디선가 상어 몇 마리가 나타나 내 주위를 빙글빙글 돈다. 순간 두려움이 몰려와 누구에게라도 살려달라고 기도하고 싶은 마음이 들었다. 일단은 상어에게 잘 봐달라고 기도하는 것이 우선인 듯싶다.

상어가 자주 나타난다는 가이드의 말에 바닷속에서 상어와 만날 마음의 준비를 단단히 하였어도 엄습한 공포는 어쩔 수 없나 보다. 나에게 다가오던 상어를 가이드가 통제하는지 상어가 방향을 획 돌려 다른 곳을 향한다. 아무리 이곳에서 상어에게 물려 죽은 사람이 없다고 해도 최초로 물려 죽는 사람이 내가 되지 말라는 보장도 없음을 잊고 가이드의 말을 믿은 것을 후회한다.

다른 사람들을 보니 다들 편안한 모습이다. 나도 애써 태연한 척 즐기면서도 마음속으로는 다시는 이 샤크 포인트에는 오지 않겠다고 다짐한다.

겨울철 추울 때 따듯한 남쪽 나라를 방문하는 것은 정신건강에 매우 좋은 일인 듯하다. 해가 길고 날씨가 따뜻한 적도의 남태평양에 가면 기분을 단번에 바꿀 수 있다.

여행에서 날씨가 주는 힘은 대단하다.

내가 예전에 히말라야 갔을 때는 비가 오는 바람에 설산을 하루 종일 보지 못한 적도 있었고, 나이아가라 폭포를 보러 갔을 때는 겨울이어서 폭포를 보지 못할 때도 있었다. 이구아수 폭포를 보러 갔을 때는 너무 추워서 제대로 구경도 못했다.

이에 비하면 남태평양은 날씨에 구애받지 않는 곳이다. 비바람이 몰려와도 잠시뿐이고 대부분은 맑고 쾌청한 날씨이다. 여행의 배경이

멋있어야 여행도 즐거운 것이다.

여행은 행복을 쟁취하는 행동이다.

만약 누군가의 여행이 재미없었다면 그것은 여행 내내 행복이 제발로 찾아오기를 기다리기만 했기 때문이다. 즐거운 여행을 누리기 위해서는 마음가짐이 필요하다. 만족스럽지 못한 여행을 했다면 그것은 스스로의 책임이 크다.

바다에서 나와 이제 해변에 쉬어 본다.

사랑하는 연인들에게는 행복했을 이 해변에서 외롭게 보내는 사람들도 있고, 사람들과 어울려서 즐거운 여행으로 만드는 활발한 사람들도 있다. 어떻든 여행을 와서도 재미가 없다면 그것은 본인이 만든 불행이라고 생각된다.

이곳에 막상 와보니 아쉽다. 나름 세계여행을 많이 했다고 자신했는데 이제서야 이곳을 찾아온 것이 너무나 아쉽다. 만약 시끌벅적한 여행을 원하다면 도시로, 조용한 곳을 원한다면 이 섬으로 와야 한다.

에메랄드빛 바다 어느 곳을 보아도 마음이 들끓는다. 시간이 없다. 다른 것도 즐겨보고 싶다.

마침 이 섬에서는 오픈 오토바이 카를 타고 백사장을 달릴 수 있다. 이 차는 골프장 카트와 비슷한 모양의 전기차로, 차 한 대에 사람은 한 명에서 두 명까지 타고 달릴 수 있게 만들어져 있다.

나와 아내도 오픈 오토바이 카를 타고 해안가를 달려본다. 한쪽으로는 쪽빛 바다가 보이고, 다른 한쪽으로는 열대우림이 보인다. 진한 선글라스를 쓰고 머리카락을 휘날리며, 신나게 소리소리 질러대며 달린다.

이런 멋진 자연은 누가 만들었을까? 지진 때문일까, 지각변동으로 석회암이 대리석이 되었을까.

경험하지 못한 사람은 상상조차 할 수 없는 환상적인 곳이 뉴칼레도니아다. 알려지지 않아 더 신비로운 섬, 신이 만들었다기보다 지구가 만든 기적이라고 여겨지는 뉴칼레도니아이다.

바다 밑에는 누메아와 아메데 섬까지 이어지는 산호 산맥이 있다.

수심 깊은 곳까지 펼쳐져 있는 이 산호 띠는 태평양에서 밀려오는 파도를 막아준다고 하니 참으로 고맙다. 하지만 산호 띠 때문에 배가 좌초되는 위험도 있어 배를 안전하게 안내하기 위해 등대까지 있다니 이 산호 띠는 고맙고도 위험한 존재인가 보다. 여행을 하는 입장에서는 환상적이지만 말이다.

오픈 카를 타고 해안가를 달린 후, 야자수 밑 그늘에 앉아 쉬려는데, 알록달록한 뱀이 스르륵 움직인다. 나는 깜짝 놀라 소리를 질렀다.

누군가가 나를 안심시키려고 "줄무늬 물뱀은 독도 없지만 입이 아주 작아서 사람을 물지 못하니까 괜찮아요."라고 말하지만 나는 여행을 다녀온 지금도 그 뱀을 생각하면 섬뜩하다.

다시 바닷물에 들어간다.

무슨 바다가 이렇게 항상 파랑일까.

해변은 맑아도 너무 맑고 파랗기도 너무 파랗다. 시리도록 맑은 푸른 바다에 거북이가 지나간다.

작은 길이 여러 섬들 사이사이를 연결하고 있다. 아니 정확히는 이 작은 길로 인해 물이 양 쪽으로 갈라져서 건너기 쉽게 되어 있다. 산호가루로 나 있는 이 길이 마치 다리처럼 섬과 섬을 연결한 것이다. 이 길은 썰물 때만 잠시 나타나는 것이라서 밀물이 밀려오면 없어질 임시 다리라고 한다. 임시로 난 길을 건너며 모래같이 고운 산호가루를 손으로 쥐어보다가 혹여 나중에 온 사람이 이곳을 건너기 불편할까봐 조금 펐던 가루를 다시 제자리에 놓는다.

가루를 내려놓는 내 손가락 사이로 작은 물고기들이 파고든다. 일상에서 겪어 보지 못할 신비로운 경험에 이곳이 마치 천국 같다.

산호가루길을 나와 민속마을을 향한다.

열대우림의 한가운데에 위치한 마을을 찾아 우림 사이를 헤치고 가는 과정 자체가 흥미롭다. 마을에 도착하니 코코넛나무로 만든 전통가옥이 보인다. 이 전통가옥을 들어가는데 문이 너무 낮아 들어가기가 불편하다. 고개를 숙여 예의를 갖추라는 의미로 문을 낮게 만들었다는

데 들어가 보니 집 안은 생각보다 꽤 넓다.

이렇게 민속마을을 통해 이곳 원주민의 생활상을 생생하게 엿볼 수 있는 것도 하나의 보너스로 생각된다.

뉴칼레도니아 수도인 누메아는 제법 있을 것이 있는 도시다.

누메아의 푸른 초원에서 사슴 떼가 풀을 뜯고 있다. 문득 '이곳 사슴의 포식자는 사자일까, 표범일까?' 하는 궁금증이 일었다. 포식자는 사람이라고 가이드가 빨리 대답해 주니 어쩐지 싱거워진다.

섬 어디서든 바다가 훤히 보인다. 바위섬들이 암탉 벼슬처럼 보인다. 가까운 바다 빛깔이 모두 파랑이다. 태고의 신비가 태어난다. 걷다가, 자동차를 타고 가다가 멋있는 바다가 보이면 바로 바닷속으로 걸어 들어간다. 맑은 물 때문에 선명하게 바닥까지 보인다. 여행 출발 전에 스노클링 장비를 챙겨 왔기 때문에 대여를 하지 않고 필요할 때마다 바다를 즐길 수 있다는 것은 큰 기쁨이다. 스노클링 장비를 챙겨오길 잘한 듯하다. 바닷속이 수족관인가 착각이 들 정도로 물보다 물고기가 더 많다. 입을 다물지 못하고 구경을 한다.

참고로 뉴칼레도니아의 투명한 바닷속을 감상하는 방법을 소개하겠다. 바닷속을 감상하려면 스쿠버다이빙, 스노클링, 유리바닥 보트, 잠수선 등을 이용하면, 멋진 바닷속 풍경을 볼 수 있다. 갖가지 빛깔과 다양한 모양의 산호초와 그 사이를 무리지어 다니는 강렬한 색상의

산호가루 섬에서

열대어도 볼 수 있다. 특히나 반잠수함 투어를 참여하면 유리창을 통해 수중 풍경을 촬영할 수도 있으니 참고하면 좋겠다.

스노클링을 하며 바닷속 풍경을 시간 가는 줄 모르고 보고 있었는데, 어느덧 식사시간이라고 한다.

식사로 생선 구이와 바나나 구이를 비롯하여 바닷가재와 신선한 해산물이 나온다. 이곳은 군고구마 굽듯 무엇이든 굽는 것을 선호하는 모양이다. 가까운 바다에서 나온 자연의 선물을 입에 넣어 보니 자연의 참맛이 느껴진다.

섬이 나무들로 빽빽하고, 파란 것이 바다처럼 보인다. 남태평양의 높고 큰 삼나무가 장관이다. 천 가지 색깔을 뽐내고 있다. 맹그로브 숲도 경이롭다. 뱅골보리수Banyan Tree, 반얀 나무가 수백 개의 가지를 내려 땅으로 향해 있다. 시간이 멈춘 나무가 푸른 기억을 그리워하며 서 있는 모습이 강렬하다.

열대우림은 다양한 종류의 희귀동식물의 천국이며, 지구의 역사가 시작된 곳이 이곳일 듯하다. 아름다운 무지개가 떴다. 1,000년 된 카오리나무가 죽 늘어서 있는 모습은 마치 열병한 군인들의 모습 같다. 카오리나무 산책로를 따라 걸어 본다. 몇 사람이 트레킹을 하는지 산책로를 걷고 있는데, 자연의 아름다움이 없어질까 봐 염려되는지 천천히 걷는다.

마침 내 앞을 새처럼 보이는 동물이 지나가는데, 날아다니지를 못한다. 날개를 가지고도 날지 못하는 새를 이곳에서 보다니 신기하다. 날지 못하는 새의 이름은 카구kagu, 국제보호조로 지정되어 있음, 바로 뉴칼레도니아의 국조라고 한다.

이 산책로엔 꽃 한 송이, 풀 한 포기도 인공적인 것이 없다. 자연은 자연스러울 때 가장 아름답다는 것을 이곳에서 확인한다. 살아 있는 동식물이 동물원이나 식물원에 있다면 그것은 아무리 잘 가꾸어도 슬픈 일이다. 야생의 삶은 따뜻하고 순박하다.

계절을 거스르는 여행은 마법같이 느껴져 더욱 짜릿하다. 시간을 달려서 겨울에서 여름으로 가는 계절 여행은 정말 멋지다. 가을이 깊어가는 북반구와 달리 남반구의 날씨는 점점 뜨거워지고 있기 때문이다. 광대한 열대 우림 등 천혜의 자연과 에메랄드 빛 바다의 조화가 펼쳐지는 남태평양의 수많은 볼거리는 여행자의 발걸음을 붙잡기에 충분하다.

바다 쪽에 늘어선 야자수가 평화로운 정취를 자아낸다. 해변을 산책하며 여유를 부려다. 오늘이 실질적인 남태평양 섬 여행의 마지막 날이어서인지 여행 중이면서도 조금 더 여행을 하고 싶은 마음이 든다.

여행 14일차

오늘이 11월 18일 금요일이라는 것을 물어서야 알았다.

이제 첫날 출항했던 시드니로 귀항하는 날이다.

12층 데크에 올라 바다를 바라본다. 크루즈의 속도와 맞추어 망망대해 위를 나르던 갈매기가 힘이 들면 난간에서 쉬어간다. 파란 바다를 가르고 나아가는 크루즈의 모습이 장관이다. 뱃고동 소리도 우렁차다. 바닷물이 갈라졌다 합쳐지면서 배를 밀어준다. 한편으론 태평양 한가운데를 달리는 배 한 척의 모습이 외로워 보이기도 한다.

오늘은 선내의 각종 시설들을 이용하고자 아래층으로 내려간다.

먼저 실내악 연주를 감상하고자 한다. 오늘은 세미클래식 위주인가 보다. 월광소나타, 즉흥 환상곡 등 친숙한 곡들이 연주되고 있다. 연주회를 진행하는 사회자가 무어무어라고 말한다. 관객들은 사회자가 무슨 말을 해도 웃음짓는다. 알고 보면 별것 아닌데도 웃는 것에 익숙한 사람들 같다. 행복해서 웃는 것이 아니라 웃으면 행복하다는 말이 진

실내악 연주를 감상하며…

크루즈 내에서 사용하는
카드를 이용하여
중간 정산을 하는 중

리인가 보다. 눈으로 행복한 사람들의 모습을 보며, 귀로 클래식 선율을 감상하며 행복한 삶에 대해 생각해 본다.

행복한 사람들의 공통점은 행복하고자 노력한 만큼 본인이 행복하다는 것을 안다는 것이다. 현재의 즐거움을 기쁘게 누리는 것이 필요하다. 과거는 지나갔으며, 미래는 약속어음이다. 살아가는 일은 현재 진행중이며, 오늘은 다시 오지 않는다. 근심, 걱정, 후회 등으로 현재를 망칠 필요가 있는가.

돈, 쾌락, 지위 등에 대한 욕심을 줄이면 행복이 늘어난다. 기대감이 크기 때문에 마음이 흔들리는 것이다.

행복은 성안에 사는 사람 같이 오랫동안 머무는 데 익숙하다. 긍정적인 사람은 성공한 한 가지 일에도 큰 의미를 부여하고 행복하게 살기 때문이다. 행복이 어디에 있는지 찾아다니는 사람은 어디에서도 찾을 수 없다. 행복이란 집은 작게 지을수록 행복하다.

우리가 잘 기억하기 어려운 어린 시절이 더 행복한 이유는 사람들과의 관계 범위가 넓어질수록 불필요한 관계도 많아지기 때문이다. 관계의 복잡함에서 벗어났을 때 행복이 스며든다. 단순할수록 마음이 편안해지듯 욕심을 줄이면 만족도 쉽게 얻을 수 있다.

재물이 많아야 행복하다면 가진 만큼 행복하겠지만, 영혼이 공허한 경우는 정신이 궁핍한 것이기 때문에 그 내면은 가난할 수밖에 없다.

과거에 사치와 향락을 즐겼어도 현재는 욕심을 줄이며 행복하게 살아가는 사람이 더 많다. 많이 가지면 가진 만큼 그것을 관리하느라 정신이 풍요로울 여유가 없다. 재산이 많아도 걱정과 행복을 맞바꾸어 불행하게 살기 때문이다

인생은 다시 되돌아갈 수가 없다. 환불이 되지 않으며, 한 번 가면 끝이다. 하루라도 허투루 보낸다면 그만큼 낭비하는 것이다. 행복한 하루하루가 모여 즐거운 삶이 된다. 삶을 낭비하지 않고 자유를 만끽하는 용기 있는 삶을 살아야겠다.

크루즈 내에서 진행되는 미술품 경매

여행 15일차

오늘은 크루즈 여행의 마지막 날이다.

크루즈 7층에서 차 한 잔을 하며 바다를 바라본다. 여행의 마지막 날이어서인지 며칠 간의 여행의 추억이 떠오른다. 자연과 인공이 만난 여러 여행지를 보았지만 자연으로 이루어진 환상의 섬들을 남태평양에서 만났다.

이런저런 생각을 하며 쉬고 있는데 사람들이 우르르 몰려 어디론가 간다. 사람들의 모습을 보고 나도 따라가 보니 요리 경연대회가 있다고 한다. 한 마디로 셰프들의 요리 잔치다.

요리 경연대회 외에도 풍선놀이, 탁구, 달걀게임, 볼링, 영화구경 등 풍성한 이벤트로 오늘 하루는 기항지에서의 여행과 달리 새로운 방법으로 크루즈 여행을 즐긴다.

크루즈 내에서 카펫 퍼팅 대회를 즐기는 사람들, 포켓볼을 하는 사람들, 샴페인 병 맞추기 하는 사람들, 수영하는 사람들 등 사람들은 각자의 방법으로 즐거움을 느낀다.

과일 공예 전시

크루즈 내에서 열린 세일장의 모습

파티 시작 전, 음악에 맞춰 박수를 치며

크루즈 마지막 날을 맞아 오늘은 대폭 세일장이 열렸다. 시계, 가방, 보석, 옷 등을 50%나 할인하여 판매하니 사람들이 몰려온다. 사람들이 모여 옷을 고르는 모습이 우리나라 남대문시장과 다를 바 없다.

오후에는 댄스파티에 참석했다가 선실로 향하는데, 혼자 왔다는 화려한 옷차림의 40대 중반 여자가 나와 아내 곁을 지나간다. 크루즈 여행은 혼자 와도 외롭지 않은가 보다. 크루즈는 떠다니는 도시와 같다. 내가 탄 크루즈가 프리미엄급이라 그런지도 모르겠다.

저녁 시간에는 선장이 초대하는 파티가 다이닝 룸에서 있다. 나와 아내는 정장을 입고 식사를 하며 파티를 즐긴다. 파티의 마무리는 승무원들이 모두 나와 수건을 흔들며 행진을 한다. 파티에 모인 사람들은 들뜬 기분에 환호를 하며 크루즈 파티의 마지막을 즐긴다.

여행 16~17일차

11월 20일 일요일, 드디어 시드니항에 도착했다.

아침 6시 갑판에 올라 오페라 하우스와 하버브리지를 보면서 이번 여행을 무사히 마친 감회에 젖는다. 아름답고 재미난 한 편의 영화처럼, 꿈처럼 지난 15일간의 아름다운 날들이 섬광처럼 스쳐 지나간다. 그러나 이제는 여행을 마치고 일상으로 돌아가야 한다.

다음 날이 11월 21일 월요일 아침, 시드니 공항을 출발하여 인천으로 향하는 비행기에 탑승한다. 여행 내내 나는 행복 바이러스에 감염된 사람처럼 행복했다. 그리고 비행기를 타고 집에 가는 지금까지도 크루즈선을 타고 태평양의 망망대해를 떠가는 느낌이 계속 든다. 여행은 끝났지만 오늘 아침 기분은 매우 좋다.

시드니로 귀항하는 배 위에서 바라본 시드니 풍경

새벽, 다시 시드니로 귀항하며….

에필로그

황금, 소금보다 더 소중한 것이 지금이라는 말이 있다. 변화는 또 다른 인연의 시작이라고 한다. 이제 나는 이번 크루즈 여행을 통해 느낀 점을 정리해 보려 한다.

첫번째는 음식이다.

이번 여행에서 나는 맛있는 것의 끝판왕을 만난 기분이다. 맛있는 것을 향한 인간의 관심은 본능 아닐까. 소위 맛집이라 불리는 곳은 어디든지 사람들로 장사진이다. 전 세계를 둘러봐도 맛있는 것에 대한 사람들의 욕망은 뜨겁다.

그런 면에서 나는 이번 여행에서의 먹거리를 손에 꼽고 싶다. 일단 특별하다. 맛있는데 여유롭게 즐길 수 있고 다른 곳에서보다 더 대우받는 기분이다. VIP로 대우받으며 여행하는 기분이었다. 크루즈 내에서는 값은 고민할 필요 없이 마음대로 언제든지 먹고 싶을 때 골라서 먹으면 된다. 크루즈 내의 식당에서는 최고로 좋은 것만을 선택해서 먹는다 해도 추가비용이 없다. 최고의 재료로 만든 뷔페여서 그런지 항상 100가지 이상의 차려진 음식들은 그 무엇이든 감칠나고 맛이 좋다.

두 번째로 풍경이다.

섬의 초원은 끝이 보이지 않는다. 초원에 있다 보면 내가 섬에 온 것인지 어디 넓은 대초원에 온 것인지 분간이 안 될 정도다. 끝없이 펼쳐진 초원에서 나는 처음 만나는 자유를 느꼈다. 별이 쏟아지는 초원이 있다는 말을 들었는데 아마도 내가 갔던 초원이 그곳이 아닐까 싶다. 바다는 어디든지 파랑을 넘어선 투명한 에메랄드빛이다. 그 바닷속 산호초 군락은 끝이 없이 펼쳐져 있다.

우리가 상상할 수 있는 것을 넘어선 곳이 바로 남태평양의 뉴칼레도니아이고 바누아투이며 피지이다.

이쯤에서 여행 고수들에게 퀴즈를 하나 내고자 한다.

바다 하면 쪽빛 바다를 떠올린다. 이 세상에서 가장 아름다운 쪽빛 바다는 어디일까?

내가 본 바로는 남태평양 뉴칼레도니아와 바누아투, 피지이다. 때 묻지 않은 아름다움을 고스란히 간직하고 있어 더욱 아름답다. 물론 어느 나라보다도 어느 지역을 갔느냐가 더 중요할 테지만 말이다. 그런 면에서 아마도 나는 최고의 지역만을 선택하여 다닌 모양이다.

남태평양은 어디든 색다른 아름다움을 발산한다.

특히 바다의 아름다움은 말이 필요 없다. 그림 같은 풍경 속에 있다 보면 무엇을 해도 만족스럽고, 이국의 열정을 맛볼 수 있는 곳이다. 그래서 나는 남태평양은 일생에 꼭 한 번은 가봐야 할 곳이라고 생각한다.

세 번째는 행복이다.

여행은 풍경만 보기 위해 오는 것은 아닐 것이다.

여행은 인생의 나날이다. 바로 변화와 생각의 흐름이다. 삶이 용기에 의해 좌우되듯 여행도 용기에 의해 삶의 영역을 확대해 가는 과정일 것이다. 극복해 가지 못해도 여행에서 새로운 것과 마주하면서, 두렵고 힘들어도 마주 앉으면서 나아가면 많은 것을 얻게 된다는 것은 여행자들의 공통된 생각일 것이다.

함께 여행하면 대화와 친밀감이 가산될 것이고 혼자 여행하면 정신적 묘약인 고독으로 인생의 나아가는 길에 특효약이 될 것이다.

여행은 낯선 것에 대한 알아가는 과정이다. 낯선 여행지에서 나 자신을 더 알아간다는 것은 행운이다.

어디로 가야 할지 삶의 목표와 꿈을 찾는 법이 무엇인지 답을 알려준다. 자신의 영혼에서 들려오는 자유를 느끼며 가자. 해답이 나오지 않는다면 더 처절하게 여행의 늪에 빠지면 된다.

진정한 자유를 만끽할 용기가 없다면 여행의 의미가 없다. 용기를 내지 못한다면 낯선 곳, 낯선 환경 속에서도 스스로 벗어나지 못하고, 새로운 것을 경험하지 못한다.

행복은 자기만의 꿈과 사랑을 발견하기 위해 여행을 떠나는 사람에게 주어지는 선물이다. 행복한 사람은 자기를 사랑하는 사람이다. 자신을 친구로 만들지 못하면 남들도 사랑하기 힘이 든다. 상대의 친구가 되어 주어야 친구를 만들 수 있는데, 자신도 사랑하지 못하면서 이웃을 사랑하려하면 순간의 쾌락만 얻을지 모른다.

여행도 인생처럼 항상 유쾌하지는 않지만, 자신의 삶에 무엇을 채워 넣어야 할지를 여행을 통해 점점 깨닫게 된다. 그래서 여행이 좋은 것이다. 생면부지의 사람들과 만나고 낯선 풍경 속에 내가 있다. 새로운 것을 경험한 만큼 삶의 경험은 늘어나고 앞으로 살면서 무엇을 할 것인지가 그려진다.

삶에 대해 생각할 시간을 가지고 싶다면 여행을 떠나는 것이 최고의 방법 중 하나일 것이다. 여행을 하다 보면 확신이 선다.

몸이 쉬기를 원하는데 억지로 일을 하면 기운이 빠져나간다. 몸이 힘든데 무엇을 더 이루려하는가. 몸이 아프면 아무리 아름다운 풍경도 눈에 들어오지 않는다.

몸이 신호를 보내야 어디든지 간다. 몸이 보내는 신호를 무시하고 하고 싶지 않은 일을 억지로 하는 것은 비극이다. 쉼이 없다면 이룸도 없다. 일에 정열을 바치는 만큼 휴식도 필요하다. 일에 몰두하고 휴식이 없다면 성공해도 허무뿐이다. 돈만 허비하는 여행은 휴식이라기보다 노동의 연장선에 불과하다.

여행을 통해 인생을 바꾸는 사람이 있는가 하면, 여행에서 돈만 낭비하고, 육체적 피로감만 남는 사람도 있다.

과거의 모습대로 꼭 살아갈 필요는 없다. 해묵은 생각은 잊어버린다. 아니 바꾸어 버린다. 그럼으로써 새로운 생각이 변화를 일으켜 새로운 삶을 만든다.

사람들은 지나간 추억은 기억하지만 미래의 삶은 알지 못한다. 그러므로 더욱 달려가야 한다. 앞으로 나아가다 보면 실수할 수도 있다. 완벽한 여행이란 있을 수 없으니 여행 자체를 즐기면 된다. 그러다 보면 여행이 끝난 후 뿌듯한 자신을 볼 수 있다.

한 번 지나간 인생을 되돌릴 수 없듯이 여행도 마찬가지다. 비슷한 듯해도 무언가 하나라도 다르다. 여행지의 산천은 그대로여도 그 속에서의 경험은 같지 않다. 매번 새로운 경험이다. 이 점이 여행이 인생을 변화시키는 방법이다.

여행은 어딘가에 가는 것이 아니라 여행 과정 그 자체이다.

나는 그냥 여행을 즐긴다. 특히 남는 것이 사진뿐인 여행은 하지 않는다. 사진에 집착하다 보면 여행을 제대로 경험하지 못하고 집착만

하게 된다. 여행지에 대한 무관심과 열정 없는 마음은 재미를 못 느끼게 한다. 남들에게 자랑하기 위한 여행이나 여행을 통해 무엇을 얻을 것인지 스스로 정하지 못하는 여행은 남에게 자랑거리는 되어도 자신을 만족시키지는 못한다.

여행에서 자신을 대접하는 것이 필요하다. 여행은 물질적인 추구보다 풍경, 음식, 춤과 음악에 더 가치를 두고 경험하고 느끼기에 더 즐거운 것이다. 물론 여행지가 아무리 아름다워도 그것을 받아들일 준비가 안 되어 있다면 그 감동도 덜할 것이다. 신경을 날카롭게 곤두세우고 걱정이 가득하여 경치를 본다면 어떤 기쁨을 느끼겠는가? 편안한 마음으로 즐길 때 여행도 삶처럼 아름다운 것이다.

여행은 내려놓고 떠나서 돌아올 때는 지혜를 발견하고 돌아오는 것이다.

예를 들면 일상의 삶도 여행자처럼 자유롭게 사는 방법은, 쓸 만큼만 가지고 사는 것이 가장 행복한 삶임을 알 수 있다. 여행자는 여행가방에 넣을 수 있는 만큼만 가지면 행복하다. 삶도 그렇다. 우리는 불필요한 것을 너무 많이 가지고 산다.

1년 이내에 한 번도 사용하지 않은 옷, 책 등을 모두 버리면 삶이 훨씬 가벼워지고 행복하다는 것을 많이 들어왔지만, 이를 실천하지 못하는 사람은 여행에서도 행복하거나 자유로울 수 없다.

여행을 인생처럼, 일상을 여행자처럼 사는 지혜가 필요하다. 많이 움켜쥐면 여행을 가서도 선입견과 고정관념으로 대한다. 자기 삶의 주인공은 바로 자신이다. 진정 원하는 삶이 무엇인지 알면서도 공허한 일상의 굴레를 맴돌기만 한다. 그것은 본인이 벗어나지 못하는 것이 아니라 벗어나려 하지 않는 것이다.

자기 발전의 첫 단추가 여행이라고 생각한다. 이번 여행에서 느낀 최대의 수확이다.

나는 세상 어디에도 없는 특별한 곳인 남태평양으로 떠나보길 강력히 추천한다. 끝없이 펼쳐진 망망대해를 달린 후 천국의 섬들을 들러 자연을 즐기다 보면 자신을 사랑하는 방법이 무엇인지 알게 되고, 또한 타인을 사랑하는 방법을 깨닫게 된다. 내가 누구인지 깨닫게 하는 시간을 주고 무엇이 진솔한 삶인지 알게 된다. 이런 것은 남태평양 한가운데 있는 아름다운 섬 투어에서만 느낄 수 있는 또 다른 보너스 아닐까.

이번 여행을 통해 나열하기 힘들 정도로 많은 것을 느꼈지만 간략하게 느낀 점 추가해 본다.

남태평양!

지천에 널려있는 야생 파파야, 구아바, 카사바, 코코넛, 바나나들을 용기 내어 나무에서 직접 따먹어 보았다. 파란 바닷속에서 온갖 물고기와 왕소라들을 잡아 보았고, 상어, 거북이, 가오리들과 노닐며 신세계를 누리며 행복했다. 무엇을 해도 괜찮다는 것을 알기에 몸이 원하는 대로 쉼을 누렸던 남태평양은 천국 같은 곳이다. 바다가 바다인 것은 다 받아주기 때문이 아닌가.

아직 당신이 남태평양의 아름다운 섬들을 보지 못했다면 꼭 가보기를 권한다. 만약 당신이 크루즈로 지구상에서 가장 아름다운 풍경을 만나지 못하였다면 진정한 자유와 휴양을 경험해 보라고 말하고 싶다. 이번 여행은 그림 같이 낭만적이었으며, 치유를 받은 기분이었다.

수채화를 담은 듯 아름다운 풍경이 곳곳에 펼쳐지는 남태평양 크루즈는 여행의 완성이다. 크루즈 여행은 새하얀 유람선을 타고 배에서 맛있는 음식을 먹고 잠을 자고 다양한 편의시설을 즐기는 동안 편안하게 다음 목적지까지 이동할 수 있는 특별한 여행이다.

보통의 여행처럼 짐을 쌌다 풀었다 하는 번거로움 없이 아침 햇살에 눈을 떠보면 새로운 기항지가 눈앞에 있다. 기항지에서는 선사에서 제공하는 다양한 관광 프로그램을 이용하거나 자신만을 위한 자유 관광을 즐길 수 있다.

만약 어느 하루, 이것도 저것도 싫다면 크루즈 수영장 옆 선베드에 누워 태평양의 햇살을 즐기며 낮잠을 자거나 독서를 즐길 수도 있다. 말 그대로 무엇이든 할 수 있는 자유, 아무것도 하지 않을 자유가 공존한다. 시간의 사치란 바로 이런 것임을 느낄 수 있다. 오롯이 배만 즐겨도 호화 리조트에 버금가는 다양한 선내 시설을 이용하는 재미에 하루하루가 모자랄 지경이다. 밤낮으로 펼쳐지는 공연과 파티와 음악에 취하는 여행에 그림 같은 기항지들이 즐거움을 더한다.

망망대해를 가로질러 자유를 즐기는 이색 여행을 통해 일상의 단조로움에서 벗어나 여행의 새로운 묘미를 느낄 수 있다. 일몰과 일출 등 선상에서 바라보는 아름다운 풍광은 여행의 매력을 더한다. 틀에 박힌 일정에 맞춰 움직여야 하는 기존 여행 방식과는 달리 특별하고 자유로운 것이 크루즈 여행이다.

지상 낙원이란 말이 너무 상투적일까. 실제로 낙원이 이 세상에 있다면 틀림없이 남태평양일 것이다. 섬들이 낙원의 표상이라고 불리기에 한 치의 모자람이 없다. 편안하고 즐겁고 맛있는 삼박자를 모두 갖춘 남태평양 크루즈는 환상 그 자체이다. 첫 순간부터 파란 바다에서 뿜어 나오는 초록의 향기에 누구든 말문을 잃게 된다. 눈부시도록 투명한 바닷속에는 핑크, 오렌지, 퍼플 등 천연색 산호들 있고, 그 사이사이를 물고기들이 헤엄쳐 다닌다. 세상의 모든 아름다운 빛이 다 여기에 있다.

남태평양!

산과 바다와 대자연을 온몸으로 느끼게 해주는 곳, 첫 만남에서 당신은 완전히 남태평양에 빠져들 것이다. 모든 사람들이 만장일치로 인정하는 곳이 어디 있으랴마는 남태평양의 풍광은 아름답다는 탄성 외에 달리 표현할 길이 없어 안타깝다. 여행이 끝났어도 남태평양의 영롱한 색과 풍광이 사진으로 찍은 듯 그대로 뇌리에 박혀 추억으로 남아 있다. 누군가 나에게 가장 매력 있는 바다가 어디냐고 물어본다면 이제는 주저 않고 대답할 수 있다. 그곳은 바로 남태평양이다. 지구상에 이렇게 아름다운 곳이 있다는 사실에 진심으로 감동하지 않을 수 없다.

남태평양!

밤마다 꿈 아닌 꿈을 꾼다. 남태평양에서 투명한 블루의 세상을 무리지어 헤엄쳐 가는 물고기들과 함께 나도 기분 좋게 헤엄치듯 흘러가는 꿈. 자연의 흐름에 몸과 마음을 맡기고 우주를 유영하는 듯한 느낌을 경험한다. 일반적으로 산호가 가장 아름답게 보이는 지점은 수심 10미터까지라고 한다. 실제로 그보다 깊어지면 빛이 잘 들지 않아 볼 수가 없다. 남태평양의 바다는 투명도가 높기 때문에 조금만 잠수해도 해저에 있는 아름다운 산호초를 훤히 감상할 수 있다. 세상에 이런 사치가 어디 있는가. 생명의 위험이 무슨 대수겠는가. 이 엄청난 남태평양의 속살을 보는데 다른 이유는 필요치 않다. 그래서 남태평양의 3개국 크루즈는 멋지고 황홀하다.

우리 팀의 여행비용

나와 아내는 11월 5일 인천공항에서 출발하는 오스트레일리아 시드니행 비행기를 타고, 11월 6일 오전에 시드니에 도착하였다. 6일 오후 4시 시드니항에서 크루즈선을 타는 것으로 크루즈 여행을 시작했다.

인천-시드니 간 직항 항공권은 1인당 왕복 150만원으로 비용이 많이 들지만, 1회 경유를 하는 경우 비행기 티켓값이 많이 낮아진다. 그래서 우리 부부는 1회 경유를 하는 말레이시아 쿠알라룸푸르 경유 항공권으로 구입하여 탑승했다. 이 비행기의 티켓값은 1인당 왕복 60만원 정도 한다.비즈니스 항공권은 1인당 4백만 원 정도의 비용이 든다.

크루즈 비용도 내실을 기준으로 1인당 160만원 정도 들었다. 크루즈는 객실 선택에 따라 그 비용이 달라진다. 예를 들어 오션 뷰나 발코니 객실을 이용하는 경우엔 1인당 100만 원 정도의 추가 비용이 발생할 수 있다.

크루즈 여행 중에 머무는 기항지에서 선택 관광을 할 때는 버스와 택시를 이용하여 하루 평균 1인당 20만 원 정도의 비용을 절약했다. 꼭 필요한 것만 옵션으로 하는 경우는 1인당 50만 원 정도면 선택관광을 즐길 수 있으나, 개별로 현지에서 자유여행을 하면 더 저렴하고 효율적으로 선택관광을 즐길 수 있다. 참고로 기항지마다의 선택 관광을 모두 하는 경우는 1인당 2백만 원 정도의 비용이 든다.

나와 아내는 크루즈 여행 기간 동안 가능한 불필요한 여행비용을 절감하기 위해 여러 가지 노력을 했다. 그래서 17일 간의 크루즈 여행을 1인당 3백만 원 이하로 모든 것을 완벽하게 즐길 수 있었다.

초보자를 위한 크루즈 여행 TIP

◆ 크루즈의 등급 구분

크루즈 여행은 선사의 등급에 따라 달라진다.

우리가 탔던 프린세스호는 프리미엄급이었다. 그 외 코스타는 대중적인 캐쥬얼급, 실버시는 럭셔리급, 크리스털은 디럭스급이다. 크루즈 여행은 크루즈의 등급에 따라 가격이 천차만별이지만, 가장 대중적인 캐쥬얼급이라고 해서 꼭 나쁘지만은 않다.

◆ 선박의 구분 방법

보통 선박은 수용 가능한 승객 인원에 따라 구분된다.

일반적으로 승객이 1,200명 이상 승선 가능하면 대형 선박이라 하고, 승선 가능 인원이 1,200명 이하인 경우는 중형 선박이라고 한다. 소형 선박은 승객 500명 이하이며, 부티크 선박은 200명 이하의 승객을 수용할 수 있다.

보통 배의 크기와 수용 가능한 승객의 수는 비례하지만, 배가 아무리 커도 승선 가능한 승객의 수가 적다면 크루즈선에서는 대형 선박이 아니다.

코스타는 8만 톤급으로 2,600명의 승객을 수용할 수 있어서 대형 선박으로 구분되며, 7만 톤급의 크리스탈은 1,000명 정도의 인원을 수용할 수 있는 중형 선박이다. 실버시는 3만 톤으로 400명의 승객을 태울 수 있어서 소형 선박으로 구분되며, 시본레전드는 1만 톤급이지만 승객 수용인원이 200명이이서 부티크 선박으로 구분한다.

◆ 크루즈 여행시 참고할 점

크루즈는 항구가 있으면 세계 어디든지 갈 수 있어 북쪽 알래스카에서부터 남극까지 세계 전역을 누빈다. 지중해, 북유럽, 카리브해, 하와이 등등을 오가는 크루즈는 일 년 내내 운행하고 있다.

크루즈 여행은 각자 비행기 표와 배표를 구입하여 여행하는 개별로 여행하는 방법과 여행사를 통해 여행객을 모집하여 적정 인원이 채워지면 떠나는 패키지 여행, 이렇게 두 가지 방법이 있다.

영어 회화를 잘 할줄 모른다든가 나이가 있는 노년층은 패키지로 크루즈 여행을 하는 것이 훨씬 편리하며, 외국어가 가능하고 젊은 사람들이라면 비교적 자유로운 개별 여행을 추천한다.

개별 여행은 좀더 저렴하게 각자 개개인의 취향에 맞는 여행을 할 수 있다는 장점이 있다. 개별 여행은 선내에서 각종 프로그램을 찾아서 즐기기도 하고, 기항지에서 내려서 머무는 동안 지도 한 장을 들고 그 지역을 자유롭게 여행할 수 있다. 기항지에 내려서 택시나 버스를 타고 이동하거나 선사에서 운영하는 셔틀버스를 이용할 수도 있다.

기항지를 여행할 때, 영어 회화를 잘 못해도 용기만 낸다면 크게 문제되지 않는다. 기항지에서 멀지 않은 곳을 함께 여행하는 사람들이 많기 때문이다.

출발 전에 온라인으로 선사를 찾아서 예약하기 전에 각종 프로그램도 미리 알아볼 수 있다. 각 선사마다 한국 사무실이나 대리점이 있기 때문이다.

크루즈 탑승은 공항에서 비행기를 타는 것과 비슷하다. 탑승 시 본인을 확인할 수 있는 여권이 필수이며, 그 외 여행 준비물 또한 비슷하다.

여러 쇼를 볼 수 있는 크루즈 내의 극장

크루즈 안에서의 모든 결제는 선상카드seapass card로 한다. 이 카드는 승객 한 명당 하나씩 발급되며, 수속 시 등록했던 신용카드와 연계되어 크루즈 여행 시 신용카드와 같은 역할을 한다. 결제된 금액은 나중에 연계되어 있던 신용카드로 자동 청구된다.

◆ 크루즈 여행의 장점

크루즈 여행의 장점을 꼽자면 우선 배가 워낙 크기 때문에 배멀미가 나지 않고 전체 여행 서비스에 비해 비용이 비교적 덜 드는 편이다.

우리가 탄 다운 프린세스호 역시 장점이 많았다.

다운 프린세스호 안에는 레스토랑, 극장, 카지노, 워터파크는 물론이요, 여러 가지 운동을 즐길 수 있는 시설골프, 게이트볼, 당구, 요가, 수영, 농구, 서

크루즈 내의
다이닝 룸의 모습

핑, 피트니스 센터, 암벽등반 등과 카페와 바, 음악 감상실, 대극장, 도서관 등 다양한 문화시설을 이용할 수 있다. 그리고 나이트클럽, 오락실, 쇼핑센터, 미용실, 샤워장, 교회 등 없는 것이 없을 정도로 여러 시설을 갖추고 있어서 여행에 불편함이 없다.

크루즈를 타고 이동하다 낮에는 기항지에서 내려 그 지역을 여행한다. 해변을 걷기도 하고, 해양스포츠를 즐기기도 하고, 계곡 등을 트레킹 한다. 밤에는 배에서 각종 시설과 행사를 즐길 수 있어 여행이 지루하지 않다. 승객들은 노년층에서부터 어린이까지 고르며, 젊고 활기찬 분위기를 즐길 수 있다.

1. 크루즈 예약 방법

1) 국내 여행사를 통한 예약

국내 여행사에서 예약하면 편리한 점이 많다.

우리나라 많은 여행사들이 크루즈 패키지 모객을 하고 있다.

10명 이상 모객이 되면 가이드가 동반하므로 외국어 회화의 문제없이 다녀올 수 있다. 가장 흔한 크루즈 가는 방법이다. 단 고객 모집 인원이 모자르면 출발하지 못한다.

2) 국외 여행사를 통한 예약

외국어 회화를 할 수 있어야 한다. 외국 선사에 직접 예약을 하면 가격이 국내 여행사를 거치는 것보다 30% 정도 저렴하다.

예를 들어 인터넷으로 프린세스 크루즈를 비롯한 많은 외국 크루즈 선사 등을 검색하여 예약하면 된다. 국내에 지점이 있는 외국 크루즈 선사는 한국어로도 예약이 가능하며, 고객 모집과 상관없이 한 명도 예약이 가능하다.

2. 비자와 승선서류

방문하는 국가에 대한 비자 확인은 필수다. 국내 여행사를 통하는 패키지 여행이 아닐 경우 본인이 발급 여부를 확인해야 한다. 항공권과 승선 서류는 이메일로 받아서 복사하여 꼭 지참할 것을 권한다.

3. 크루즈 여행 방법

크루즈 여행 방법으로는 패키지와 자유여행이 있다. 외국어가 가능하다면 자유여행이 훨씬 저렴하다. 외국어에 자신이 없어도 용기를 내어 시도해 볼 만하다. 자유여행은 가이드를 동반하는 패키지와 다르게 조금 불편할 수 있어도 얻는 것이 더 많다. 자유여행의 경우 항공권을 개별로 발권해야 하며 현지 공항에서 항구까지의 이동과 교통편 역시 개별로 해결해야 한다. 항공권은 3개월 전에 예약하면 훨씬 저렴하다.

4. 크루즈 여행을 위한 준비물

1) 여권과 비자

2) 세면도구 : 치약, 칫솔, 개인 세면도구는 개인이 따로 준비하며 드라이기, 샴푸, 수건 등은 크루즈의 객실에 있다.

3) 수영복과 운동복 : 크루즈 내의 실내수영장과 스파, 기항지를 여행할 때 해변에서 수영복이 필요하다. 피트니스 센터 등을 이용하여 운동할 때를 위해 운동복도 필요하다.

4) 상비약 : 소화제, 해열제, 멀미약, 파스, 모기약 등. 크루즈 내에 의사와 병원이 있으나 상담을 할 경우 비용이 많이 들기 때문에 미리 상비약을 준비하는 것이 좋다.

5) 옷 : 계절에 맞는 옷으로 여러 벌과 갈라 디너쇼 등 파티에 참석하기 위한 정장이 필요하다. 주로 남자는 양복, 셔츠, 넥타이를 하고, 여자는 투피스, 원피스, 드레스, 한복 등 한 벌을 정장으로 챙겨 가면 좋다. 단, 디너쇼 등을 참여하지 않을 생각이라면 필요하지 않다. 크루즈 내의 온도는 영상 20도 정도로 유지되므로 편하게 입고 벗을 수 있는 옷이 필요하다.

6) 신용카드 : 크루즈 내에서는 비자나 마스터카드 등 해외에서 사용 가능한 카드를 사용한다. 승선 때 카드 체크 후 디파짓deposit이라고 하는 보증금을 카드로 먼저 낸다. 선내 및 기항지 선택 관광 등의 비용은 승선 시 확인해 준 신용카드로 자동 연동된다. 그러므로 승선자와

카드 소유자의 이름이 같아야 한다. 만약 신용카드가 없다면 보증금으로 크루즈 승선료 이상의 금액을 디파짓으로 내기 때문에 나중에 정산할 때 혼선이 생길 수 있다.

7) 현금 : 달러로 가지고 가면 선내의 환전소에서 여행하는 곳의 현지 화폐와 교환이 가능하다.

8) 화장품 : 열대지방이라도 선내는 매우 건조하다. 바다 위는 습하지만 실내는 냉난방을 가동하여 건조하므로 보습력이 좋은 화장품이나 마스크팩을 챙겨가는 것이 필수다.

9) 가방 : 20kg 이하의 수하물용 가방을 기준으로 두 개 이상일 경우 추가요금 받기도 한다. 배낭이나 백팩과 같은 별도의 소형 가방이 꼭 필요하다. 기항지에서 관광할 때 휴대하기 편한 것으로 준비한다. 별도의 비닐 백에 수영복을 챙겨 가도 좋지만, 이동이 편리한 소형 가방으로 준비하는 것이 편리하다.

10) 신발 : 선내에서 신고 다닐 편한 샌들이나 슬리퍼를 챙겨 간다. 구두나 정장에 어울리는 신발이 있으면 파티에 참석할 때 신을 수 있다. 스포츠센터에서 운동을 하거나 기항지를 관광하기 위해선 운동화가 필수다.

11) 간식거리 : 컵라면, 김, 고추장 등을 챙겨 가면 좋다.

12) 그 외 기타 :

인터넷은 로밍 신청을 하고 가면 좋다.

여유시간에 즐길 만한 책, 음악, 영화 등을 챙겨 간다.

바다에서 즐기기 위해 스노클링 장비가 필요하다. 만약에 없다면 현지에서 대여 가능하나 비용이 많이 든다.

손목시계와 필기구류, 카메라와 충전기, 메모리, 셀카봉, 이어폰, 면도기와 손톱깍기 등 필요에 따라 챙긴다. 특히 선사마다 전기는 100V, 220V 등 다르므로 출발 전에 체크하여 만능잭 등을 챙겨가면 좋다.

5. 크루즈 승·하선 방법

◆ 크루즈 승선 시

1) 크루즈 출발시간 3시간 전에 크루즈선에 도착하여 카운터에 여권을 제시하고 수하물을 수속한다.

2) 짐에 크루즈 짐 태그를 붙이면 짐은 선실 앞으로 옮겨준다.

3) 신용카드 제출(해외에서 사용 가능한 카드여야 한다) : 제출한 카드로 여행기간 동안 사용한 금액이 결제된다.

4) 승선카드 발급받기 : 크루즈로 여행하는 동안 사용할 수 있는 승선카드를 발급받는다. 승선카드에는 승선자의 이름과 객실번호, 객실층, 디너 좌석 등이 기재되어 있다. 승선카드는 크루즈 승·하선과 기항지 출입 등 여행기간 동안 사용되는 올 패스 카드이므로 어디든 이 카드를 소지하고 다녀야 한다.

5) 크루즈 탑승 : 중요한 물건들만 직접 챙겨서 탑승한다.

◆ 크루즈 하선 시

크루즈에서 하선 전에는 연계된 신용카드로 자동 청구될 금액을 확인해야 한다. 최종 하선 하루 전에 지출내역서가 배달되는데, 만약에 지출내역서가 오지 않았다면 인포메이션 데스크에 요청하여 꼭 확인해야 한다.

짐가방은 배에서 내리기 전 여유시간이 없다면 본인이 직접 들고 내려도 되나 보통은 선실 밖에 짐가방을 내놓고, 하선 안내문에 명기된 곳에서 가방을 찾아가도록 되어 있다. 하선 시에는 크루즈 내에서 나오는 안내방송이나 안내서에 따라 하선을 하면 된다.

송양의 여행에세이

신비의 남태평양 크루즈 여행

뉴칼레도니아·바누아투·피지

초판 1쇄 발행 2017년 2월 10일

지은이 송양의
펴낸이 송양의
펴낸곳 월파출판

등 록 제2010-000004호
주 소 충남 천안시 동남구 일봉로 72.
203-1102 (용곡동 동일하이빌)
전 화 010-8768-7109
이메일 sye4473@hanmail.net
공급처 정은출판 ☎ (02)2272-9280

ISBN 979-11-85358-08-6 (03810)

정가 12,000원